大好文學

6

阿囉哈！娜娜

高小敏——

著

目錄

從打工女到 CEO 的女性勵志小說

大東山珊瑚寶石股份有限公司董事長　呂華苑

　　《阿囉哈！娜娜》是一本充滿女性正能量的成長勵志愛情小說，作者是我們的偶像也是老朋友高小敏，出版者是大好文化，很榮幸我在二〇一七年也由大好出版我的書：《澎湖女兒的珍珠人生》，是大好書系影響力人物二，董事長胡芳芳是我們的好姐妹也變成好朋友。

　　我曾在二十五歲時到夏威夷當交換學生唸書，也非常了解旅遊業的生態，充分了解小敏所寫的時代背景和純樸女性的特色，所以當小敏向我描述本書的小說故事情節，我已經感動萬分。

因為身為女人，充分了解，「被人需要，為人服務」的福氣哲理，當在企業工作時有悲有歡有喜有樂，如何化為正能量，如何轉危為安，如何否極泰來，是一門學問，小敏在書中透過主角娜娜的故事，都真情流露，娓娓道來。

　　小敏展現驚人的才華，最近創作的六本小說在一百零七天內完成，也都陸續由大好文化出版上市，祝賀好友小敏導演的青春文學愛情浪漫小說，本本大賣。

Aloha! 美麗的娜娜

夏威夷大東山珊瑚寶石博物館舘長　呂華蕙

　　甫認識高小敏導演不到二十四小時，因為小敏送他寫的一系列愛情小說來給我妹妹華娟及華苑，小敏是她倆二十多年的老朋友；今天一早拜讀高導演的文學作品《愛在‧桃花盛開的日子》愛情小說，十分喜歡，了解到什麼是愛，碰到喜歡的人，要勇敢告白；也知道小敏即將出版的新書叫做《阿囉哈！娜娜》。非常有幸在夏威夷住了三十八年，十分了解夏威夷的阿囉哈(Aloha)精神，代表歡迎、幸福、希望、美麗、和諧、再見……所有美好的形容詞，而且將 Aloha 實踐在人生道路上，

Aloha 即是夏威夷獨一無二的特色。

　　希望讀者帶著高小敏創作的這本《阿囉哈！娜娜》

到夏威夷一遊，親身體驗我們的 Aloha 精神。

　　祝賀小敏導演的青春文學愛情小說暢銷。

充滿正能量的愛情小說

大東山希望天地公司總經理　陳呂華娟

　　認識高小敏導演今年已邁入第二十五年，他非常有才華，是電視製作人，又是導演、作家，為人低調謙虛、熱心公益活動，已經出版了十二本書。祝賀高導這本充滿正能量的愛情小說《阿囉哈！娜娜》新書熱銷。

從小資女孩到創業女傑

星鎂時代文化傳媒董事長　　嘉佳

　　一直非常好奇，在娛樂圈多年來培養了許多藝人及學生、非常有才華的影視製作人、作家及導演高小敏老師，到底是如何創作出六本小說的，至今已經累積了十二本暢銷書出版作品。

　　這六本分別是《我愛·機車男》、《愛在·桃花盛開的日子》、《假如·我是一個月亮》、《我愛雪莉小姐》、《我的8號女友》、《阿囉哈！娜娜》，而且更驚人的是，只用了107天就全部完成了所有的六本青春文學小說作品。

這一本剛出版的小說新書，高老師寫的第十二本長篇愛情小說《阿囉哈！娜娜》，最受廣大的書迷期待，看女主角娜娜如何一步步，成為成功的女性創業家，並且得到了一份真心誠意的愛情，非常值得姊妹們仔細的閱讀。

　　這是一本正能量女性成長勵志愛情故事小說，一本值得書迷們，收藏的浪漫愛情小說。

　　祝賀高導演第十二本愛情小說《阿囉哈！娜娜》新書大賣。

　　　　　　　　　　　　　　　　　　　　　　　　阿囉哈！娜娜

夏威夷，陽光沙灘愛之旅

夏威夷 **SKYDIVE HAWAII** 高空跳傘俱樂部董事長　高淑華

　　有一天深夜，接到高導演從台北打來夏威夷的電話，說又要出版最新愛情小說新書了，邀約我寫推薦文。高導太厲害了，這麼快又有新作品上市，很開心能寫好友高小敏導演新書的推薦文，當然必須一定要全力宣傳一下這本新書。

　　喜歡看書的我，第一次見到有作家把夏威夷最熱門的旅遊行程，融入到一本浪漫愛情故事小說裡，真是太有創意了。

　　在世界各大城市只要說一聲阿囉哈，每一個人都會

馬上想到夏威夷。

夏威夷是全世界排名第一，觀光客最喜歡來的度假天堂，在這裡的威基基海灘，天天上演著各國的男女浪漫愛情故事，就像是小說中女主角娜娜與富家少爺相識相戀的劇情一樣。

真心祝賀高小敏導演第十二本新書《阿囉哈！娜娜》，銷售長紅，新書熱銷。

專為女生寫的浪漫愛情小說

藝人　Marllie

聽到阿囉哈，就會想到夏威夷，非常喜歡這本書的名字《阿囉哈！娜娜》，就像是一部電影，高導演電影要開拍記得找我演，我要加入電影劇組，我要當女一號。

聽高小敏導演說，這本書是他寫的第十二本小說作品，真是太有文采了，太不簡單了，而且每一本書都是寫給女生看的，哇！真是一位很棒的暢銷書作家，會為女生寫出這一本這麼好看的浪漫愛情小說。

妳還單身嗎？建議妳，可以來夏威夷找妳未來另一

半，女生們大家記得去書店買書捧場，祝福高小敏導演這本最新著作、女性成長勵志小說《阿囉哈！娜娜》新書暢銷，持續寫出關於女生成長的愛情故事小說，讓女生們能夠從小說中，學習到更多的人生經驗。

歡迎來到夏威夷，
談一場轟轟烈烈的愛情吧！

常常參加女性友人婚禮，我都會很好奇的問對方，與老公最想去什麼地方度蜜月？

大部份都是告訴我要去夏威夷。覺得女生一輩子一次的婚禮及度蜜月，最想在浪漫的地點夏威夷舉行。

當天晚上就開始寫《阿囉哈！娜娜》小說：一位富家子愛上打工女的浪漫愛情故事，劇情就發生在夏威夷。

只要是去過夏威夷的人一定都會知道，一下飛機都是阿囉哈的問候語。阿囉哈是什麼意思呢？是愛、和

平、幸福的意思，也是人與人之間的問候語「你好」的意思。所以我構思了女主角娜娜，與富家子相識相戀，一段浪漫的愛情故事就在夏威夷展開。

在製作綜藝電視節目時，去過非常多的度假島嶼，只有在夏威夷讓我玩得最開心，非常適合熱戀男女來一趟愛之旅。

如果有想去夏威夷玩的書迷，記得用心看小說內容，因為我在故事中，安排了目前最熱門的玩法，九天七夜的旅遊行程，可以拿著這本小說，一一去小說裡寫到的地方，去買東西、吃東西、逛街、玩高空跳傘，逛威基基海灘……

這是一本針對女性書迷寫的愛情故事書，看女主角娜娜，如何從一位旅行社導遊，搖身一變成為化妝品公司 CEO 的女性成長勵志故事。

謝謝大好文化出版公司發行人胡芳芳女士，全力支持文學小說出版上市，這是我寫的第十二本小說著作作品，我將會持續創作女性成長勵志愛情故事小說，與喜歡我寫的愛情小說作品的書迷們一同分享。

阿囉哈！娜娜

故事大綱

李娜娜是一位盡責認真、開朗大方的女生，在旅行社上班，與公司同事文雅是閨蜜，天天一起吃午飯，但是文雅表面一套私下一套，偷偷搶娜娜的客戶，仗著公司主管羅經理撐腰，耍心機逼走娜娜，娜娜在一次的旅遊帶團照顧老人旅客時，認識了陸媽媽，沒想到這位老人竟然日後成為娜娜的貴人。

　　陸媽媽的兒子陸志祥是化妝品公司董事長，孝順、非常聽母親的話，把公司員工旅遊一百二十位夏威夷之旅交給娜娜執行，這個百人團產生的利益非常可觀，羅經理與文雅聯手一起A錢，娜娜卻不知道內幕，盡責的完成夏威夷項目，但卻只得到微薄的獎金五千元，憤而離職離開公司。

　　一個人來到夏威夷散心療傷的娜娜，偶然的機緣下，與夏威夷歡樂旅遊老闆琳達結為好友。

娜娜的渣男男友三番兩次毆打娜娜，娜娜決定斬斷這份感情，寄情於工作。

　　志祥公司想開發面膜產品，產品針對年輕女性市場，找來娜娜幫忙提供點子。娜娜提出新的企劃案，針對面膜量身訂製，娜娜獲得志祥邀約一起合作，共創事業，並一同至夏威夷考察當地市場，娜娜建議面膜代言人可以找來夏威夷最紅的女模 Marllie，並且邀請琳達與夏威夷 S 跳傘俱樂部董事長瑪麗一同加入團隊，擁有分紅股份。

　　熱心助人的娜娜，在一次單獨去吃海鮮自助餐時，認識了也是來自台北的老闆娘美寶，當獲知自助餐經營不善即將倒閉，娜娜馬上找來琳達幫忙，旅行社帶入大量的觀光旅客，成功救起自助餐店，三人結為好友。

　　志祥與娜娜彼此因為工作的關係，倆人感情迅速升

溫，私下在一起成為熱戀男女，但在公司無人知曉。

Marllie 送上新的衝浪板，並教導娜娜學會了衝浪，倆人成為好姊妹，在海邊許多人爭相來與名模藝人 Marllie 搶拍照。

志祥的化妝品事業因為有娜娜的協助，生意越來越好，美人膜面膜品牌在夏威夷正式開幕。

門口陳設三公尺高的 Marllie 美人魚造型玩偶，受到世界各地觀光客拍照打卡上傳 IG，引發眾多女性的歡迎，也吸引了電視台爭相報導。開幕第一天，促銷活動宣佈抽獎活動，送出十台新款賓士車，三個月後抽出幸運者，身穿比基尼泳裝的店員，個個業績暴滿，生意特好。

創辦人志祥與娜娜組成的團隊，將把面膜專賣店開成連鎖店，還要開在台北、北京……。

　　　　　　　　　　　阿囉哈！娜娜

阿囉哈！娜娜

角色分析

李娜娜

玩美旅行社導遊

女一　二十四歲　美麗大方、善良、個性倔強好強

　　在旅行社上班的娜娜，與渣男金明浩同居，多次被家暴毆打，忍無可忍，提出分手。在公司被閨蜜文雅偷偷搶客戶，主管羅文持續安排接低價團故意刁難，離開了不愉快的工作環境，一個人來到夏威夷散心療情傷，卻愛上了夏威夷的生活，偶然的機緣認識了當地的旅行社老闆琳達，進入公司當導遊。

　　在一次的企業帶團機會，因而與化妝品公司 CEO 陸志祥見面，刻苦耐勞、不怕辛苦的為本來生意不佳的旅行社帶來新的面貌，公司開始盈利賺錢。

對娜娜一見鍾情的志祥，多次飛來夏威夷追求娜娜，在衝浪板店上班的愛德華，也正追求著娜娜。志祥與愛德華在一次的聚會中，爭風吃醋，為了娜娜而大打出手，最終，娜娜會選擇帥氣的愛德華？還是年青有為的 CEO 陸志祥？

金明浩

暴力男、渣男、吃軟飯、善欺騙女人感情
男　二十七歲　娜娜前男友

　　與娜娜大學時期就在一起。畢業後，娜娜成為上班族，明浩則與友人開酒吧倒閉而負債，倆人同居多年，娜娜省吃儉用，為其還清所有債務，明浩仗著自己長得帥，娜娜離不開他，一喝酒多次毆打娜娜，整天無所事事，與酒肉朋友聯手騙取一位富婆金錢，被警方抓獲坐牢。

阿囉哈！娜娜

羅文

欺善怕惡、無擔當的主管

男　四十五歲　玩美旅行社經理（娜娜主管）

在公司特別照顧女性員工文雅，因為彼此私下是情人關係。處處刁難娜娜，但娜娜卻把文雅當閨蜜，時常訴苦，反而慘遭背叛。已有家室的羅文，常常帶著小三文雅去摩鐵開房間，最終被太太抓姦在床而離婚。離婚後，與文雅展開同居生活，並聯手文雅，利用公司資源，收受廠商、企業公司回扣佣金，被公司查帳，開除職務，離開旅遊業，與文雅共同開了一家麵食小吃店。

蘇文雅

心機女、重利益
女　二十四歲　玩美旅行社導遊（娜娜閨蜜）

　　與娜娜一同在旅行社上班。表面上與娜娜互稱閨蜜，私下卻常搶娜娜的客戶，仗著有地下情人主管羅文的撐腰，同事各個敢怒不敢言。利用美色來創造自身業績獎金，與羅文不僅聯手用手段把娜娜逼出公司，還與羅文偷偷收取大量回扣佣金，被公司查帳發現，退回所有佣金，最終被開除只能離開旅遊業。

陸志祥

多金、富家子、浪漫多情
男一　二十八歲　陸氏企業董事長

　　多金公子志祥，在公司舉辦員工旅遊時，找來多家旅行社提案，代表玩美旅行社來提案的娜娜，提出夏威夷旅遊方案，最終獲志祥認可。在夏威夷旅遊期間，發現了娜娜服務認真的態度，解決客人的一切困難，進而產生好感，成為好友，並追求娜娜到了夏威夷，往返多次只為了見一面，送上玫瑰花。

　　打敗了情敵愛德華，持續真心誠意的追求，最終感動了娜娜而在一起。

　　公司推出新品牌美人膜面膜，娜娜提出想法，安排夏威夷第一名模 Marllie 成為代言人，沒想到一推出，成功打響品牌，並順利的進軍海外市場。

方文媛（琳達）

精明能幹、照顧員工

女　四十六歲　夏威夷歡樂旅行社總經理

　　與娜娜合作化妝品公司企業夏威夷旅遊而認識，娜娜也因行程安排與琳達合作而成為好友，公司專門接待負責夏威夷行程安排。在玩美旅行社工作不開心而離職的娜娜，來夏威夷找琳達，她安排娜娜來公司上班。自從娜娜來公司後，公司文化整體改變，業績也持續向上，成為歡樂旅行社最佳員工，琳達的事業好幫手。

瑪麗

女強人、樂於助人、善良
女　四十五歲　夏威夷Ｓ跳傘俱樂部董事長

　　夏威夷最大的高空跳傘俱樂部創辦人。娜娜來到夏威夷，偶然間到俱樂部跳傘，與老闆瑪麗結為好友，經由娜娜的促成，Ｓ跳傘公司與歡樂旅行社雙方公司結盟合作，行程規劃固定多了一站高空跳傘體驗，深受觀光客喜歡，來此玩跳傘。瑪麗與娜娜、琳達成為好友，在事業上互相合作支持鼓勵，並安排模特兒女兒 Marllie 與娜娜合作，成為陸氏化妝品公司新品牌「美人膜面膜」形象廣告代言人。

愛德華

陽光男孩、游泳教練、花心
男　二十八歲　夏威夷紅白衝浪板店老闆（娜娜的游泳教練）

　　不會游泳的娜娜，報名上了愛德華的游泳課。生性花心的愛德華，開始追求娜娜，並送上衝浪板給娜娜，常常開著吉普車來旅行社找娜娜，而娜娜只是把他當朋友，愛德華得知還有另外一位情敵陸志祥也在追求娜娜。在一次娜娜安排的聚會上，喝多了酒，打了情敵志祥一頓，醉醒後趕忙道歉，持續的追求手段也追不到娜娜，最終只能祝福娜娜與志祥，三人成為好友。

阿囉哈！娜娜

湯美寶

對人真誠、善良

女　三十歲　夏威夷珍鮮自助海鮮餐廳總經理

　　美寶在夏威夷開了專門接待觀光團的平價自助海鮮餐廳。生意不是很好，食物非常好吃，但是管理不善，娜娜在第一次來夏威夷工作時，來店裡消費，與老闆美寶認識。

　　自助海鮮餐廳競爭激烈，助人為快樂之本的娜娜，後來在琳達的歡樂旅行社上班，安排了旅遊行程的觀光客都來店裡用餐，幫助了餐廳，美寶留了佣金要給娜娜，娜娜拒絕了美寶的金錢回扣，美寶感謝娜娜對朋友無私的幫助與奉獻，倆人成為知心的好姊妹。

陸媽媽

陸氏集團創辦人
志祥母親、慈祥和藹、娜娜的貴人

陸媽媽在一次參加了長者旅行團時認識了娜娜，因為走路行動緩慢，多次讓娜娜照顧而心存感激，進而交待其子志祥，把公司一年一度的公司年度旅遊，交由娜娜負責全體員工的夏威夷之旅。

娜娜經過相處，漸漸與陸氏集團董事長志祥熟了起來，陸氏公司欲出品新商品面膜，娜娜非常有創意的，策劃出美人膜面膜新品牌，在夏威夷一推出，即佔有面膜市場一片江山，受到廣大年齡層消費者青睞，尤其年輕愛美女生一致支持並大量購買，面膜品牌生意火紅，小小一片面膜一片難求，大受歡迎且一度造成市場極度

缺貨。

　　陸媽媽大力撮合兒子志祥與娜娜交往，志祥也非常欣賞娜娜的善良、聰明又有才華，開始真心追求，陸媽媽也暗中幫忙志祥，最終娜娜與志祥有情人終成眷屬，一同經營陸氏集團及新品牌美人膜面膜，成為市場上人人羨慕的夫妻店。

　　志祥和娜娜不畏挫折與考驗，倆人認真的交往，而有了現在這一切，陸媽媽是娜娜及志祥人生道路上一位非常重要的貴人。

Marllie

夏威夷第一名模、美麗、善良

女　二十歲　夏威夷模特兒（S跳傘俱樂部董事長瑪麗女兒）

　　夏威夷最紅的模特兒，也是 S 跳傘俱樂部老闆瑪麗獨生女。娜娜在街上到處看見 Marllie 的廣告看板及雜誌封面，娜娜幫志祥公司找面膜代言人，並詢問瑪麗，這位模特兒在什麼經紀公司可以找到，要找她當代言人拍廣告。瑪麗告訴娜娜，Marllie 正好是我女兒，Marllie 與娜娜因而結為好友，並擔任面膜新品牌廣告代言人。

阿囉哈！娜娜

阿囉哈！娜娜

原創小說

娜娜看著手錶……

五、四、三、二、一。

耶！十二點了，終於到了午飯時間，走……，雅雅一起去吃午餐。

OK！娜娜妳想吃什麼？我帶妳去公司附近新開一家日本料理店有賣商業午餐，只要來店打卡上傳 FB，就只賣九十九元，限前面一百名，趕快去，慢了就排不上了，娜娜妳走慢一點，我穿高跟鞋走不快。

今天是第一天，活動連三天。快！雅雅，像我們這種精明小資女，貪小便宜比較會過日子的大美女，怎麼可以錯過只用九十九元，就能夠享受精緻美食的機會呢！

阿囉哈！娜娜

天呀！都是人，我們排好不要被萬惡的黃牛插隊了，哈哈哈！娜娜妳以為我們在排隊買電影票喔！我算一下，我們有沒有在限制名額的一百人以內⋯⋯。

雅雅，我們吃得到，太好了，我們是排在五十六位⋯⋯。

娜娜等一下我們要吃快一點，一點半上班。羅經理要宣佈兩個旅遊案子，交由我們來帶團。太棒了、太棒了，我每次都在帶台北、台中、高雄、台南、日月潭、阿里山這種長者團，最好有國外團，義大利、加拿大都不錯。不知道什麼團，要看公司有權利指定導遊領隊的羅經理來安排。

歡迎光臨！小姐妳幾位，⋯⋯我們兩位⋯⋯。

請進去先找位子坐，兩位是點什麼？兩客九十九元的生魚片特餐。

娜娜明天時間一到，我們趕快再來佔位子，哇！滿滿都是人，生意真好，新開的店，又有辦活動，一開始都是如此，到底生意如何，我想就要看餐廳營業的第四天，會不會還有客人來消費。

　　兩位慢用，特餐來了，兩位漂亮的小姐記得上傳打卡，幫我們公司的店宣傳。

　　哇……（娜娜與雅雅倆人異口同聲）。

　　真是太豐富了，滿滿的都是新鮮生魚片，這個平常少說也要二九九元吧？

　　打卡打卡，上傳，宣傳一下，有看到的臉友們，鐵定是大流口水，流滿地……。

　　開動了，娜娜妳怎麼在哭，是吃得太感動了，是不是？

天呀！我是吃到一大坨的哇沙米了，好……嗆辣……眼淚一直流不停。

　　我的上一段的失戀也沒有流下這麼多眼淚，我去幫妳拿水。

　　雅雅看著一大桶的飲料桶上面寫著：冬瓜茶免費暢飲，大笑了起來。旁邊的食客目光看著她，雅雅忍住笑意，倒了二大杯，快要滿出來的清涼解渴冬瓜茶。娜娜給妳，娜娜一大口喝下，好解辣喔，這不是冬瓜茶嗎？哈哈，日本料理店內出現冬瓜茶，好不搭配，這老闆是不是以前開自助餐便當店的，不過這 CP 值超高的生魚片，真是……太好吃啦！

　　要不要再來一杯冬瓜茶，娜娜……還不錯喝！再來一杯好了……

吃得好飽喔！肚子都出來了，雅雅，九十九元真是太便宜了，明天再來……早一點來排隊、搶位子。

　　走吧！娜娜回公司了，一點半公司要宣佈新工作了……

　　義大利、義大利團，我要去，我要去……娜娜一直吵著。

　　（倆人回到了公司）

　　娜娜看著手機上的 FB。我就知道一定一堆人來問這家店到底在什麼地方，雅雅妳看到了吧！為了我們可以排上隊，這麼好康的事情，我想我們還是自私一點好了，不要與別人一同分享，不要公佈，我也是這樣覺得，雅雅，我們等到第四天再公佈好了。

　　娜娜妳這招聰明，第四天活動都結束了……

這時候秘書通知導遊部門進會議室開會……。走！娜娜，要宣佈了。羅文經理拿著資料走了進來。各位親愛的同事，公司目前全力發展業務，經過業務部全體同仁的努力，成功順利拿下兩個訂單，現在宣佈到底由誰負責帶團：巴黎八天團由蘇文雅負責帶團，恭禧！恭禧！雅雅，同事祝賀聲不斷。巴黎團吔，真棒，這下子小費我可以拿不少了，還可以去購物血拚一番，買幾個名牌包回來賣。換我，看是不是義大利團，義大利，我來了。娜娜期待著。

　　接下來是北部長者團三日遊，……又是北部遊，……不要選我……，我把機會讓給別人……娜娜自言自語的說著。

　　李娜娜，……啊！為甚麼？又是我，哎！怎麼每次都是我帶這種團，請兩位同事上台，大家鼓掌。

公司的品牌形象「服務第一」，就交給兩位了。這是資料，全體人員呼口號（「玩得開開心心，擁有美麗的旅遊回憶，盡在玩美旅行社，玩美期待您的光臨」）。

雅雅妳太幸運了，巴黎，會不會太爽了，這個工作；娜娜，我去巴黎買個禮物回來送給妳，搞不好下次妳就是去義大利。希望有，最好有，我已經帶北部團很多次了，都是長者老人，阿公阿嬤……，可能公司是因為妳對長者服務照顧最好，所以才安排妳負責長者團。

這時候雅雅的手機傳來了簡訊。

是羅經理的來信：爽了吧！開心吧！巴黎團，今天晚上十點記得來麗晶酒店八號房，我等妳。

原來是內定交易，這是羅經理與文雅心照不宣雙方都有目的利益的交換，娜娜卻完全不知道，這一切早就

設計安排好了。

　　回到家裡的娜娜，正在廚房炒菜煮飯。

　　天天無所事事，在外面喝酒回來的明浩，從後面一把抱住了娜娜。老婆，今天晚上煮什麼好吃的給我吃？你回來了，我買了一些海鮮、蝦子、螃蟹給你補身體，這個好，男人就應該多吃海鮮，身體才會棒。明浩你先去休息看電視，等我料理完了再叫你吃飯，好，老婆辛苦了。

　　明浩從冰箱拿了六瓶啤酒，喝了起來，看著電視。

　　娜娜煮好了晚餐，端上餐桌，吃飯啦！明浩。

　　你怎麼又在喝酒了，吃海鮮配啤酒是最棒的吃法，吃吧！

娜娜細心伺候著明浩，一隻一隻的剝開蝦子的殼，露出身形飽滿的蝦肉，一隻一隻送進了明浩的嘴裡。

真是好吃，明浩一瓶接著一瓶酒喝。

明浩，你喝少一點酒，不要再去拿冰箱的酒喝了，你已經喝了八瓶了，娜娜說著。

突然發起酒瘋的明浩，變成了另一個人似的，妳管老子喝酒幹嘛！

我想喝酒妳管得著嗎？我是你的女朋友，當然要管你。酒喝多了對身體不好，娜娜想搶下明浩手中的酒瓶。別動！妳這臭婆娘，兩個巴掌重重的打在娜娜的臉上，娜娜痛得哭倒在地上，明浩一瓶接著一瓶喝……這不是娜娜第一次被打，娜娜每次被打，都強忍著痛，維持著這段感情……娜娜跑進了房間哭著，明浩在餐桌上

吃著海鮮，喝著啤酒，快樂著。

　　明浩吃光了桌上的海鮮，酒足飯飽之後，走進了房間。甜言蜜語的向娜娜道歉：我不該動手，我不該喝這麼多酒，我發誓，再也不喝這麼多酒了，我戒酒……。

　　明浩用苦肉計跪了下來，老婆請原諒我。心軟的娜娜，再次又原諒了喝醉酒會發酒瘋打人的明浩，我就原諒你這一次，你下次不能再犯。

　　老婆，我保證不會再有下次了。娜娜再次敗給很會花言巧語騙女人的明浩，明浩一把抱住娜娜，娜娜躺在明浩的懷中……。

　　隔日上班的娜娜，臉部腫了一大片，雅雅看著娜娜，妳臉好腫喔！昨晚被打的事不能讓別人知道，娜娜隨口說出，昨晚牙齒好痛，腫起來了，臉上又紅又腫，等下

班後再去看牙醫。

　　娜娜，我週日要帶團去巴黎，妳有沒有想要什麼禮物，我買回來送妳，如果巴黎的免稅店有賣巴黎帥哥，幫我買一個比較帥的回來好了⋯⋯。

　　如果有，一人買一個。

　　巴黎香水不錯，買一瓶回來送妳，多噴一點，多香呀，會招來桃花，這是女人吸引男人的最佳武器。

　　雅雅妳多買幾瓶好了，本姑娘目前非常需要桃花，最好現在，馬上，來一打帥哥，必須帥還要溫柔體貼，會照顧女人的最好。

　　妳好好帶團，好好去玩，巴黎呢！⋯⋯多浪漫的地方，而我帶的團，阿公阿嬤北部三日遊，帶完這個團，最好有國外團給我帶，還可以藉機會出國玩樂長見識。

會啦！會啦！妳會有機會的，娜娜等我回來再聚了，我要下班了，先回家去準備行李，等我回來送禮物給妳。好，謝謝。

羅經理我找您，娜娜找我有事？是的，進來坐，什麼事？

經理，我最近已經連續帶了很多的觀光團都是北部、中部、南部團，來公司上班到現在都還沒有帶過國外的旅行團，公司的業務部，下次可以指派國外團給我帶嗎？

娜娜，就是因為妳帶了很多這種團，經驗足，全公司妳最有經驗，知道如何去安排服務這些長者遊客，客人都反應妳帶團服務很好，都指定要妳娜娜來帶團，所以這一次、這一團還是妳來帶，我會比較放心。妳先把

這一團帶完，等下次如果有合適國外的團再給妳帶，妳先去忙吧！娜娜，下周的北部團帶好，我會給妳加薪水的。謝謝，羅經理，我先去忙了……。

哎，我就知道，又被說服了。上次也是這樣說，也是要加薪，說歸說，還是沒有加到一毛錢，倒是其他導遊一個個往國外跑，感覺我就像個留守兒童般的在家帶團，也沒有加班費，小費又少……算了，別想太多，還是好好工作，不要再發牢騷了。面對它、接受它、處理它、放下它，平常心帶好我負責的團，用心做，不抱怨，就當是在累積自己的經驗好了。

剛回到家的娜娜，一開門看見明浩。你剛回來？對剛到，你吃飯沒，還沒，我煮飯炒幾個菜，很快就好，

你先去看電視⋯⋯

　　娜娜炒了三杯雞、水煮蝦、菠菜⋯⋯，菜好了，來吃吧！

　　娜娜，妳還知道我喜歡吃的三杯雞，當然知道。明浩狼吞虎嚥大口吃著，娜娜看著，這時候明浩的手機響了，電話那頭大嗓門的說著：三缺一，快過來玩。明浩放下碗筷，娜娜，妳身上有壹萬嗎？給我，我要用。

　　娜娜看著明浩，⋯⋯我去拿⋯⋯，娜娜進房間拿出公司剛發的獎金一萬三千元，只留下三千元當生活費，這壹萬給你。

　　明浩快速的從娜娜手上拿到壹萬，臉上馬上露出微笑，我先走了，我會早點回來⋯⋯。

　　自從上次被酒醉發酒瘋的明浩打了巴掌，娜娜對這

段感情已經抱著隨時要分手的心態。整天游手好閒，好賭，又會打人，喝酒鬧事，要這個男的幹什麼？難道只是因為他長得帥，身體好，……娜娜妳這個女人真是太膚淺了，只喜歡帥哥，根本就是在養小白臉、小狼狗。有時還會擔心被打，又要在公司裝著若無其事的上班著，升職加薪，帶國外團卻都沒有我的份……娜娜邊吃飯，邊自言自語著，飯菜早已與淚水融合在一起……。

羅經理拿著行程表來找娜娜。娜娜，這是後天北部團的行程，妳看一下，司機是林師父，後天一早八點在一〇一全體集合出車。好的，明白，羅經理，……加油！為了公司，努力打拚，娜娜，下個月給妳加薪！

正在準備行李的娜娜心想，雖然要帶團，就把這次的

帶團，當成自己也是一起出去玩的心態不是去工作，心情我想會比較好一點。今天要早一點睡，一大早帶團，娜娜拿起手機撥電話給林師父，⋯⋯喂，林師父，明天早上八點一〇一出車，別忘了，我知道，娜娜，車子會準時八點到達一〇一。⋯⋯喂，鄭主委好，我是玩美旅行社娜娜，再次通知您明天早上八點，遊覽車會在一〇一門口集合，麻煩請您通知所有團員，娜娜小姐，我這裡的團員我都安排通知好了，這次的行程，就請娜娜小姐多多照顧我們這一群阿公阿嬤，主委叫我娜娜就好，就麻煩娜娜了，明天見！

　　鈴，鈴，鈴⋯⋯鬧鐘響不停。⋯⋯

　　起床了，起床了，不要再鈴了，看著時鐘六點鐘，娜娜先刷牙洗臉，吃個營養早餐，七點出發差不多，七

點半先到一〇一等大家。

　　洗完臉出來的娜娜想著，今天要穿什麼衣服，裙子還是褲子，外面風大穿什麼裙子，穿牛仔褲做事情方便多了，戴上墨鏡，出發一〇一，帶團去……。

　　娜娜七點半準時到了一〇一門口等待林師父車到，守時的林師父，七點五十分就已提早到達。林師父，給您，吃早餐，這一大袋飲料您慢慢喝，還有麵包、壽司，謝謝娜娜。娜娜，妳都是跑北部團是不是？大部份是，幾乎都是，公司安排的，到現在我還沒有帶團出國過，所有公司的北部、中部、南部團，幾乎都是我一個人在做。妳就當是在磨練自己，累積經驗好了，我也是這樣想，謝謝您，林師父……。

　　娜娜，前面已經有一些長者走過來了，林師父我先

去忙了……

　　阿公阿嬤好，我是導遊娜娜，行李給我，您先上去坐。

　　鄭主委好，娜娜，我的團員陸續會到達。

　　已經到達的團員們，可以把行李集中放在這裡，放好後，先上去找位子坐著休息。

　　娜娜一個人一件一件行李放入車廂內，林師父見狀下車來幫忙。

　　謝謝林師父幫忙，妳一個女生哪有這麼多力氣，搬這麼多行李，公司應該再派一個助手來跟團……。

　　娜娜，我的團員還有一位正在趕過來，請稍等一下，好的，鄭主委……。

　　主委，是前面在等紅燈準備過斑馬線的阿姨嗎？

對對對！是陸媽媽。

我下車去幫忙拿行李。陸媽媽好，我是導遊娜娜，我們的車在前面，鄭主委也到了。不好意思，我遲到了，老人家走路慢。沒關係，沒關係，行李我來弄就好，陸媽媽請上車。

娜娜搬著所有的行李，搬得滿身大汗……

娜娜，我們全員到齊了，謝謝鄭主委，林師父，我們可以出發了。

娜娜拿著麥克風笑容滿面。主委好，各位叔叔、阿姨阿公阿嬤好，我是玩美旅行社的導遊，我叫娜娜，這次旅遊的行程由我來為大家服務。

現在出發先去木柵動物園，中午會在貓空餐廳用

餐,下午會去深坑老街買伴手禮,平溪放天燈,順便吃晚餐,預計八點回到台北……。

到動物園了。各位旅客,貴重物品請隨身攜帶,等一下,動物看完後,會坐纜車上貓空,參觀文山茶博物館,請各位小心下車,慢慢來,不急……。

陸媽媽慢慢來、慢慢走……。

人員到齊。謝謝鄭主委,我們慢慢逛,可以看黑熊、貓熊、無尾熊、林旺大象的標本……還有紀念品可以買,十二點整在出口處,全員集合,我與大家一起走,如果找不到我,可以打手機〇九三二×××××。大家可以往前面走,開始參觀……。

這時娜娜手機響起。是明浩,喂!娜娜,我錢又花

完了，我還要兩萬元，妳在什麼地方？一大早妳不在家，我要錢用。娜娜冷冷的回了一句：我在忙，沒空！你不用再打來了，我們分手。語畢，娜娜便掛上電話，手機持續的響，娜娜不理會的丟進背包中。

被娜娜掛電話的明浩，氣急敗壞的臭罵娜娜一頓，給我小心一點，就不要讓我看到。

娜娜怕長者口渴，進超商買了許多飲料，雙手提著飲料，一瓶一瓶發給老人。真是謝謝娜娜導遊，對我們這些老人真是照顧。叔叔阿姨，看動物看累了，可以先在這旅客休息區休息一下，等一下看完所有人集合後，坐空中纜車上貓空喝茶吃午餐。在北部文山茶非常有名，常常都是自用送禮最棒的伴手禮。大家先休息，喝

一下飲料，我再去發給其他人飲料，等一下大家十二點門口入口處集合，好的，娜娜導遊我們都知道了。

到了中午十二點⋯⋯

大家都到了入口處集合。鄭主委正在清點人數，娜娜也在看少了誰？

還有陸媽媽還沒到，我進去找，主委這裡先麻煩您了，妳去吧！

娜娜進去找了孔雀區不在，夜間動物館不在⋯⋯在遠處發現陸媽媽一步一步、緩慢的走著，娜娜跑步上前扶著陸媽媽走。我又遲到了，不好意思，老人家走得慢，剛剛看著猴子看得入神，錯過了十二點要集合。沒關係，陸媽媽，不急，慢慢來，不趕時間。

好久沒有來動物園了，以前我兒子小時候帶著來好多次，他一直吵著要看猴子，還買了許多猴子的玩具，娜娜，謝謝妳安排這個行程，讓我可以重溫以前家庭的回憶，還看了林旺爺爺的標本。這一頭大象在全球各大城市特別有名，曾經帶給市民非常多的歡樂，以前林旺還活著的時候，動物園天天都是人潮，都是來看林旺的，牠是動物明星……陸媽媽肚子餓了吧！中午了，我有點餓，娜娜，老人最怕餓了，等一下我帶大家去茶餐廳吃飯。

主委，我們到齊了，大家跟我走，到前面坐纜車上山。長者們一位接著一位排隊坐上了空中纜車，飽覽著木柵山上的美景，呼吸著新鮮的山中空氣，長者們紛紛拿著自拍棒自拍相片，擺好最佳姿勢打卡上傳 FB。

阿囉哈！娜娜

慢慢走，一位接一位，到了山上，大家先集合，我先去上面等大家……。

大家跟著我走，就是前面這家茶餐廳，到了。

老闆，我是玩美旅行社娜娜，我的客人來了。有有有，娜娜小姐，都安排了，三桌，安排了三桌給妳們坐，桌上有一、二、三桌牌子，歡迎各位，可以入坐了，我準備上菜，謝謝王老闆……。大家請入座，準備吃飯了，桌上有文山茶飲料各位盡量用，不用錢的，老闆請客。老人們一聽是不用錢，就拿起隨身帶的水壺，一位接著一位排隊裝水。廁所在前面左邊，大家先去洗洗手洗洗臉，等菜來……。

上菜啦！王老闆帶著員工，一桌一桌的上了十道

菜，非常營養豐富：鹽酥蝦、Ａ菜、白斬雞、高麗菜、豬腳、芥蘭牛肉、紅燒豆腐、蒜泥白肉、竹筍炒肉絲，以及冬瓜排骨湯。

老人家們吃得是津津有味。大家盡量吃，娜娜幫老人添飯，一桌一桌的安排著，深怕老人吃不夠、吃不飽，娜娜，妳也快去吃，都是妳一個人在照顧我們，陸媽媽，好的，大家慢慢吃喔。

您也吃⋯⋯。鄭主委拿著一杯茶，以茶代酒來敬酒，謝謝娜娜安排這麼好玩的行程。

這頓餐，對我們老人來說，根本就是敬老新年除夕圍爐大餐般的豐盛，以後我這裡舉行的老人旅遊活動，都會指定由妳來安排行程。謝謝主委，這是我應該做的，長輩們玩得開心，我就開心，我是用像陪著爸爸、媽媽、爺爺、奶奶一起遊玩的心情去照顧大家，這也是每一位

旅行社導遊應該做的。娜娜，妳與其他導遊不太一樣，妳比較好，主委建議大家一起舉杯，敬娜娜。謝謝娜娜，辛苦了，謝謝叔叔阿姨阿公阿嬤，大家吃好，喝好，吃完後，我們去旁邊的文山茶推廣中心參觀，帶大家去買便宜又好喝的文山茶。

　　酒足飯飽正吃著又甜又大片西瓜的老人們，一臉滿足有說有笑聊天著。王老闆，謝謝您煮這麼好吃的菜，又送了這麼多的西瓜，這餐錢給您，算一下，……對，錢對，娜娜，這給妳，王老闆從中抽了一千元要給娜娜，娜娜推了回去。謝謝王老闆，這佣金不用給我，您留下，我帶來的客人，王老闆煮這麼好吃的菜，客人吃得開心滿意，娜娜就開心了。娜娜妳與其他導遊真的不一樣，謝謝娜娜支持照顧我的店，這些切好的西瓜片，帶著可以給客人吃，謝謝王老闆，下次我再帶團來用餐，祝王

老闆生意興隆。謝謝娜娜，娜娜我們一起自拍團體照拍照留念。

好的……。

這一張相片會洗出來，貼在餐廳門口，宣傳一下。

最會照顧人，最有人情味的導遊娜娜，哈哈哈……。

謝謝王老闆幫我宣傳，再見啦！王老闆，我下次再來，再見娜娜……。

叔叔阿姨跟我走……現在，去參觀茶博物館，就在隔壁，走路一分鐘就到了，娜娜向導覽員打了一聲招呼。麻煩張小姐了，沒問題，我來為各位解說茶文化，大家先在這兒了解茶文化，可以在這裡稍作休息，跟著張小姐開始參觀。娜娜趁這個時候找茶店，看了幾家

賣茶葉的店，看到一家生意非常冷清、一個客人都沒有的店，門口有一位老奶奶正看著店。老奶奶這茶葉怎麼賣？這是文山包種茶，一包四百元，三包一千元，都是我家種的茶，很好喝的，與大賣場賣的茶不一樣。來，客人妳喝一杯看看，……不錯，真的很好喝，這種茶很適合飯後來喝。

老奶奶妳怎麼只有一個人在看店？我的老公很早就走了，女兒嫁去了高雄，只有新年才會回娘家。現在，只有我一個人住，我姓林，種種茶，做個小生意，過日子。娜娜看這一家小店有很多的茶賣不出去，應該是客人都跑去店門裝潢漂亮的茶葉店去買，不會來這看起來破舊的平房茶葉店購買。小姐要不要再喝一杯茶？奶奶我等一下再過來向妳買，老奶奶也習慣了，客人習慣性

拒絕的一句話就是：「等一下我再來買」。

　　林阿嬤，我等一下過來……。

　　娜娜回到了茶博物館，大家正在仔細聽著解說員專業的講解，原來茶葉是這樣製作出來的。

　　常常喝茶，卻不知道茶農是如此辛苦種出來的，主委正說著。

　　大家聽著……。解說員告訴大家，在這附近有很多的茶農有在賣茶，各位可以去捧場購買支持茶農。大家鼓掌謝謝張解說員……。

　　我現在帶大家去買茶。娜娜，我們很多人要買茶，走，去買。娜娜帶著大夥一群人，來找林奶奶買茶。林奶奶看了看一次來了這麼多人嚇了一跳，林奶奶，我帶

人來買茶葉了，妳是剛剛那個女生，我叫娜娜，奶奶。

謝謝妳啊！娜娜，帶人來照顧我的店。各位叔叔阿姨，這是林奶奶的茶店，是這裡的茶農，茶葉品質非常好，大家可以來試喝。來，一人一杯，喝看看，大家有需要請盡量買，支持一下茶農……。鄭主委看著娜娜賣力的宣傳，一定是想要幫忙這一位阿嬤店主，剛剛在餐廳老闆給佣金，娜娜也不拿錢，這位導遊娜娜真是善良，娜娜做的一切，主委全都看在眼裡。

這時候主委說話了。對，大家盡量買，這個茶真是好喝，林阿嬤我買五千元，其他人看了主委買，一窩蜂的搶著買，娜娜在旁幫忙包茶葉禮盒。就一下子，一家原本都沒有客人的店，門口內聚集了這麼多的人潮，也吸引了在門外的人潮，也都來排隊買茶，並有人現場打卡上傳。奶奶開心的收著錢，娜娜義工似的幫忙打包茶葉，一包

接一包的不停，光娜娜的這一個旅遊團，就在林奶奶的茶葉店買了十萬元的茶葉。

奶奶為了謝謝娜娜，送了三罐茶葉要給娜娜。

娜娜不收，並從皮夾拿出一千元。奶奶，我買這茶葉，我送妳就好，妳帶這麼多人來買茶，幫助了我，奶奶很感謝妳，妳收下，不，奶奶這一千元妳留著，我要用買的，娜娜堅持著塞錢，奶奶拿著這一千元，淚流滿面。現在的社會，還有這種年輕人會照顧老人，更何況是一點血緣關係都沒有的陌生人。

謝謝妳，娜娜，奶奶流著淚，左手拿著有溫度的一千元，右手揮著手，與娜娜及所有團員說再見……。

娜娜雙手揮舞著，大喊：林奶奶，祝您生意興隆，身體健康，我下次再來看奶奶，再見……。

阿囉哈！娜娜

娜娜這次的帶團受到所有長者的滿意，雖然很辛苦，雖然賺不到什麼錢，但是娜娜心中卻是快樂滿足的。

　　忙碌的旅行社。娜娜，妳北部團玩得開心吧？雅雅，妳在巴黎應該比較快活吧！有沒有看見很多帥哥？當然有，帥哥一堆，都是在路上走。這香水送妳，巴黎正宗新款的，應該是香得不得了，香到五百公尺內的帥哥應該都會自動自發的上門。我現在不需要帥哥上門，只需要顧客上門，娜娜拿著發票收據整理著，明天就開始噴看看，看會不會有國外團給我帶，我先去會計室報帳，等一下中午一起去吃午餐，上次那家九十九元的特價餐沒有了，已經恢復原價，現在賣一客二五〇元，二佰伍！感覺像是在罵人，⋯⋯罵得好，覺得自己就像個二

佰伍，交個渣男男友……娜娜，妳說什麼？沒事雅雅，中午我請客。

　　倆人來到店門口。看吧！回復了原價，不需要排隊就輕鬆入座，一客二五〇元的商業午餐，會有多少上班族小資女吃得起啊！一般不是自己帶便當，就是買八十元的便當吃一餐。台北生活不容易，每個月薪水付個房租，就剩沒有多少錢了，更不用想要買新包、新衣服，……飯來了，吃吧！還是一樣的味道，但是價錢卻不一樣了，生魚片還是這麼大片，量又多，吃飯時間，座位連一半都坐不滿，這家店不降價便宜一點，我想應該撐不了多久了，娜娜說著。

　　雖然東西好吃，但不便宜，服務態度也一般，員工個個的臉，像是都被欠錢似的，一點笑容也沒有，地上

也很髒，員工看見地上有垃圾，竟然直接走過去，也不會自動的撿起來。老闆管理有問題，所以不能光是東西好吃就好，餐飲業也是服務業，服務客人最重要，客人不來，公司沒錢賺，公司倒了，員工就沒工作，我們旅行業也是相同的道理。吃吧！娜娜教授，說得頭頭是道，說得真好，客人不來，大家沒錢賺……。

　　娜娜妳進來辦公室，好的。羅經理，坐，剛剛鄭主委來電話，說妳這一次的團照顧每一位老人都非常的好，吃得也很滿意，特別打電話來感謝，還說下次全社區的人要去旅遊，還要指名找妳帶團，喔！原來如此，我變成北部遊專業導遊了，大家都找我服務。辛苦了，娜娜，加油！好好幹，這獎金給妳，太好了，還有獎金，我等很久了，娜娜拿著信封，手中感覺這少說也有壹萬

元吧！謝謝經理，妳去忙吧！叫文雅進來，好的。

　　娜娜，豬頭經理找妳幹嘛！他良心發現給我獎金，他給妳多少？

　　我也不知道，我看一下。娜娜拆開信封一看，全部是百元鈔，共十張，獎金一千元，吼！會不會太摳了！一千元？還給百元鈔，感覺是小孩子過年在拿紅包，喔！對了，雅雅，豬頭找妳，不是不是，經理找妳。

　　經理找我？妳門先關起來，親愛的找我幹嘛！羅經理，一把抱住文雅親了又親。我又排了馬來西亞團給妳了，這次妳的獎金會有不少錢。親愛的，你對我真好，公司員工沒人知道我們的關係吧？沒有人知道，我們這麼會演，沒有人會看得出來的，下週二出發的團，這資料妳看一下，馬來西亞合作的旅行社都安排好了，找馬總

就好，謝謝親愛的，親一個！

　　妳先去忙，晚上十點別忘了過來找我，我知道了……。

　　娜娜看著手上的鈔票，心想可能公司生意不好，所以獎金才發一千元，感恩公司給我一份工作，謝謝經理的獎金，就當加菜金好了，娜娜感恩的想著。……雅雅回到座位。雅雅，經理找妳幹嘛！沒什麼事，就找我聊聊天……。

　　雅雅，我覺得豬頭經理應該是有什麼事沒有與大家說，雅雅這時冷汗直流，以為她與經理的事要曝光了，娜娜該不會知道了？……娜娜，他哪會有什麼事？妳別想太多了。不行，我一定要去問他，娜娜不要去，不行，雅雅妳不用攔著我，我一定要去。經理，怎麼了，娜娜。

找我有什麼事情？

　　經理你是不是有什麼事情瞞著大家？正在喝水的經理，嚇得水都噴出來了，我哪會有什麼事瞞大家，經理心想，完了，該不會？娜娜妳先把門關起來⋯⋯。

　　我只是對公司女員工特別特別的照顧。女生出門在外離鄉背景，租房生活大不易⋯⋯，不是吧！經理？經理心想完了。該不會⋯⋯東窗事發⋯⋯被發現了？

　　娜娜知道了？羅經理從抽屜裡準備從拿到廠商回扣的錢，抽出十萬元當作給娜娜的封口費時，⋯⋯娜娜說話了。

　　經理，公司是不是有困難？困難？甚麼困難？一頭霧水的羅經理。

　　公司一定有困難，生意不是很好，才會只發一千元

獎金給我，對吧！經理？

　　經理倒吸了一口氣，什麼也不說，站了起來，去沖了一杯咖啡喝了一大口。

　　娜娜，妳是說這件事情嗎？喝著咖啡的羅文，故作鎮定拿著手帕擦汗。羅文騙著她，對的娜娜，公司需要新客戶，公司賺錢，員工才有更好的福利，公司好，員工才好，妳說對吧！

　　對對對！經理，我也可以聯絡一些客人來參加公司旅遊團，雖然這是業務部做的，但身為玩美人，身為公司的一份子，要為公司盡一份心力。

　　可以嗎，經理？可以，可以，妳可以去做。

　　我現在就去做，好，妳快去吧！娜娜……

　　早已嚇到滿身都是汗的羅文，喝著咖啡壓壓驚！

娜娜，妳與經理在說什麼？我說公司一定是生意不好，才會只發一千元獎金給我，我告訴豬頭經理，我可以跑業務。雅雅鬆了一口氣，原來妳是指這個事，嚇死寶寶了，我以為妳要說什麼，今天拿了一千元獎金，午餐我請，娜娜每次都妳請我吃飯，今天午餐、晚餐都我請客，雅雅妳中大獎了，要請我吃飯，請妳，請妳，請妳，誰叫我們是好閨蜜。

　　中午吃生魚片套餐，晚餐吃自助海鮮餐廳，東區有一家餐廳，四九九元吃到飽，有龍蝦、生魚片、大螃蟹、海瓜子……

　　雅雅妳別再說了，我流口水了，好餓喔！

　　到了晚餐時刻……

　　看吧！滿滿都是人，四九九真便宜，貪小便宜的人

還是很多的，雅雅怎麼感覺妳在說我們兩個。哈哈哈！貪小便宜是美德，表示我們很會過日子，兩位嗎？對，兩位，兩位一位是四九九元，請先付帳，每桌限吃一個半小時，隨便吃，坐八桌，請進。

　　怎麼感覺我們好像是來參加大胃王大賽，還有限時間的，那等一下，我們一定要爭取時間吃最貴的龍蝦，不用不好意思，必須全力發揮毫無保留的貪小便宜個性，全力以赴的當一個大吃貨。衝啊！雅雅，分工分工，我拿龍蝦、干貝，妳拿螃蟹、魚醬⋯⋯搶慢了就沒了。拚了，用力吃、大口吃，不減肥了，美食當前。

　　用力擠，別被別人插隊了，這些人就像是三天三夜沒吃飯似的，毫不客氣的左推右擠用搶的，我們太客氣、太淑女了，加油！

　　我們一定要搶到兩隻龍蝦、兩隻螃蟹⋯⋯，娜娜好

不容易的搶到了兩隻龍蝦。雅雅妳先吃，我再去搶螃蟹，又搶到了兩隻，生魚片、生魚片，快、快去拿，慢了就沒有了。不一會功夫，桌上已滿滿的戰利品。雅雅，以後我們不用去健身房了，把健身房的錢省下來，來這就好，根本就是限時搶食物健身活動，滿身大汗的娜娜正吃著龍蝦，吃吧！用力吃，人生就是以吃美食為目標，吃完我再去拿，減肥的事先不想了，人生就是以吃美食為最大目的。

吃吧！吃吧！吃吧！不是罪，就害怕深夜餓著肚子，再次餓醒……。

服務生過來八號桌提醒，八號桌兩位客人還有二十分鐘用餐時間。這麼快？雅雅快吃，我再去拿好吃的，這像木瓜子的魚子醬是女人養顏聖品，拿多一點，雅雅

這魚子醬，還有干貝，娜娜妳先來吃，別拿來了，怕吃不完，再拿一些生魚片就好。

娜娜妳哭什麼？滿嘴都是生魚片的娜娜，哇！我芥茉放太多了，好辣，嗆著都流淚了。還有十分鐘，服務員提醒著，八號桌客人如果桌上有吃不完的食物視同浪費，公司規定需要支付一人五百元給餐廳。

什麼？不會吧？有這個規定？我怎麼不知道？有的，客人，就在桌上的小牌子上，妳可以看一下。字這麼小，有沒有放大鏡借我一支我看一下，娜娜，妳看真的有規定，完了，這麼多海鮮剩下十分鐘，怎麼可能吃得完，我的媽呀！我現在好飽，吃不完罰倆人一共一千元。拚了，拚了，一定要吃完，幾隻龍蝦、螃蟹而已，又不是要把龍蝦殼也吞了，吃吧！吃吧！不是罪。肚子加油！

還有三分鐘，根本就是在參加大胃王大賽，快撐死了，娜娜大口吃著。

　　快了快了，雅雅妳也多吃一點，我飽了吃不完，罰錢就罰錢，不行，我們不能被罰，這個餐廳真聰明，一人四九九元，吃不完一人五百元賠給餐廳，根本就是考驗人性的餐廳，這個活動應該已經讓餐廳賺不少錢吧！

　　哈哈！娜娜妳真是有才華，不僅可以大口吃東西，還可以大聲說話。

　　還有一分鐘……，店員看著計時器說著。

　　最後一口的魚子醬，娜娜好不容易總算吃完了。

　　我的肚子大得像懷孕了，好飽，走吧！雅雅回家，我們確定不用賠錢了。

　　這時候雅雅手機電話響了，羅經理來的信，我已經

在八號房洗完澡等妳，快點來，別讓我等太久。

　　我知道了。雅雅，誰打來的，喔！是我朋友找我聊天，娜娜妳先回去，我去找我朋友，談一點事情。說完便急著上了計程車直奔酒店和羅文會面。

　　隔日一早在公司。雅雅妳怎麼一早都是黑眼圈，昨天妳晚上沒睡好喔！

　　昨天與朋友聊天聊到通宵，所以沒有睡好，這時羅經理進來公司，經理早，羅經理看著雅雅的黑眼圈，忍不住的笑了出來，進入自己的辦公室。

　　工作認真的娜娜，一通接著一通打電話洽談企業的公司旅遊，但是一直被對方企業拒絕，原來跑業務這麼辛苦，一直被拒絕，真是不容易，公司業務員同事們辛

苦了。

　　娜娜，我先走了，妳要去那裡，我先回家整理行李，整理行李？妳要搬家喔！雅雅，需要我幫忙搬嗎？搬什麼家，我明天又要去帶團了，妳又要去帶團？我怎麼不知道，又要去什麼國家？我明天去馬來西亞，妳又是國外團，哎，這種好事，到底什麼時候才能輪到我……。

　　雅雅，妳快回去休息準備。

　　雖然倆人是閨蜜，但是倆人在工作上還是彼此競爭著……。

　　這幾天，沒有雅雅作伴的娜娜，一個人吃著麥當勞午餐……。

　　看著手上的企業公司名單，下午上班繼續打電話，這幾天我少說已被一百家以上的企業拒絕了。沒想到這

　　　　　　　　　　　　　　　阿囉哈！娜娜

麼難，連一家公司可以接受我去拜訪的機會都沒有，先把肚子填飽了，下午繼續幹活！娜娜大口吸著可樂，喀喀，這漢堡也蠻好吃的，便宜又快速。鈴鈴鈴……，該不會是羅經理找我吧！咦！這個號碼是誰？喂，玩美旅遊，您好，我是娜娜。是娜娜，是的，我是娜娜，我是陸媽媽，妳還記得嗎？當然記得，陸媽媽您好。娜娜，謝謝上次旅遊時的照顧，陸媽媽，這是我應該做的，您別客氣。是這樣的，娜娜，我兒子的化妝品公司要舉辦員工旅遊，我已經告訴他了，我給妳電話，妳打電話給他，妳去公司找他碰面，他叫陸志祥，電話號碼給妳，妳下午打電話給他，好的，謝謝陸媽媽，您注意身體……再見……。

　　我想這又是要北部旅遊的，真是不太想接，但是又

不能不接，吃完飯再說。回到公司的娜娜，持續打電話給企業拜訪，一再的又被拒絕著，先去沖杯咖啡提提神，娜娜手上拿著咖啡一口接一口，喔！對了，我差點忘了，陸媽媽交代的事情，先打給陸志祥，看他需要做什麼。

嘟嘟嘟……，怎麼沒人接，……嘟……

喂，請問是陸志祥先生嗎？我就是，妳哪位？

我是陸媽媽介紹的，我是李娜娜，喔！妳就是娜娜，妳明天早上十點有空嗎？來我上班的公司找我，行，陸先生我明早十點來公司拜訪，再見，明天見。

娜娜隔日一早九點進公司打完卡，便騎著機車來到陸志祥的公司。

娜娜到了二十四樓。哇！真氣派的化妝品公司，在

這裡上班真是不錯，陸媽媽的兒子，我想應該是在這上班當業務員吧！

小姐妳好，我叫李娜娜，我找陸志祥先生。請跟我來，請在這裡先等一下。

哇，好大好氣派的會議室，桌上還有進口的氣泡礦泉水，真渴，拿來喝一下好了……，這時門打開了，妳就是娜娜，我是陸志祥。

妳好，我媽有告訴我，謝謝妳在旅遊時特別照顧我媽，是這樣的，公司準備舉行員工旅遊，這個案子就給妳安排處理。

娜娜以為又是要北部旅遊，好的，大約多少人？什麼時候出發？公司員工大約一二〇人，下個月五號出發。娜娜拿起筆記本低著頭專心記錄著，玩九天好了志祥說著，九天，娜娜心想，九天玩北部不就要玩個三遍，

這個人到底靠不靠譜？看他一身牛仔褲加襯衫，十足的打工仔，說話口氣怎麼像個老闆似的，先寫著好了，等他往上呈報，確定了要去再說，反正我也不太想再接北部團了。

這時候志祥叫來了秘書。

丁秘書，這位是李娜娜，公司下個月五號，全體員工一二〇人，員工旅遊九天，去夏威夷玩，這次的旅遊安排由這位承辦人李娜娜負責，不用怕花錢，行程可以排高檔一點，以員工玩得快樂開心為主。

什麼？夏威夷，天啊！不會吧！幸福是不是來了，可以帶外國團了？一二〇人要去夏威夷？娜娜……娜娜……

腦袋空白中的娜娜……，娜娜妳有聽到嗎？有，一二〇人，去夏威夷。娜娜，妳公司的合約可以準備了，

費用不是問題，行程妳來定就好，我沒意見。丁秘書，接下來的細節如何安排，妳與李娜娜溝通協調一下，是，董事長，什麼？陸媽媽兒子是董事長，這是我的名片，娜娜……我先去忙開會，妳們先討論一下。

　　李小姐，董事長已交待下來，接下來的進度就是貴公司準備合約及九天夏威夷行程出來，我這裡會提供一二〇人的名單，有的人有護照，有的需要新辦護照……李小姐、李小姐，這時娜娜的心早已飛到了夏威夷威基基海灘……好的，丁小姐，麻煩您了，我回公司後，馬上處理，這是我的名片，娜娜接下來我們二人按照進度走，隨時聯絡。

　　好的，謝謝丁小姐……。
　　我送妳到門口。

謝謝，再見。

在電梯內的娜娜，心情還未平復，不是北部遊嗎？

怎麼變成了夏威夷？一二〇人出國，這下子公司發財了，我的獎金應該也不會太少吧！太棒了，我出運啦！這應該就是好心有好報吧！老天有眼，照顧好人，對了，應該打電話給陸媽媽說一下。喂，陸媽媽，我是娜娜，娜娜喔！我剛剛已經與志祥碰面了，公司要去夏威夷玩九天，謝謝陸媽媽幫忙，妳去安排吧！娜娜，夏威夷我也會一起去，陸媽媽也要去，太好了，陸媽媽，我們又可以碰面了。

回到公司的娜娜……。

羅經理，什麼事，娜娜？經理，我已經談好一個企

業公司案子，正在喝咖啡看手機的羅文，有一二〇人要去玩九天。

九天喔！九天的行程那妳就排北部三天、中部三天、南部三天，就九天了，妳已經很熟北、中、南部團的行程了，排個阿里山、日月潭、去淡水吃海鮮、深坑吃豆腐之類的……，羅經理，不是北部團，對方公司要去夏威夷，什麼？夏威夷九天，妳再說一次，多少人？是一二〇人要去夏威夷玩九天，這下子公司發了，公司發了，羅文激動著。

娜娜幹得好，對方的聯絡人是誰？給我。

這是對方承辦人丁秘書的名片，好，我來安排，娜娜下個月給妳加薪，娜娜表現不錯，有前途，我看好妳。

娜娜習慣了羅經理的口頭禪，已說了八百次，從來沒加過薪，只得到過一次獎金一千元。

羅經理與文雅倆人正在酒店床上開心著……。

文雅，娜娜昨天談了一個夏威夷旅遊案，娜娜談了國外旅遊案？我怎麼不知道？這家公司員工有一二〇人，下個月五號要去玩九天，這個項目妳來接手跟進，這是對方聯絡人，名片給妳，明天早上就開始聯絡。

謝謝經理，對我真好，那還用說，那妳要怎麼報答我。

小女子無以為報，只能以身相許，哈哈哈，來吧！

您好，請問是丁小姐嗎？我是，我是玩美旅行社的蘇文雅，請問您今天下午兩點有空嗎？我送夏威夷旅遊合約過來，可以，妳過來公司吧！

丁秘書，這是我公司安排的九天夏威夷行程及費用合約，請貴公司過目，這是我的名片，接下來的夏威夷

項目。由我來負責。妳負責？上次來公司的李娜娜怎麼沒來？……她出差去了，不負責這個項目，由我來執行，我知道了，妳合約留下來，我再與妳聯絡。好的丁秘書，我先走了，麻煩您了。

報告董事長，丁秘書什麼事？董事長，剛剛玩美旅行社送來這份旅遊合約，但是承辦人不是上次來的那一位李娜娜，這一位蘇文雅說李娜娜出差去了，不再負責這個夏威夷旅遊，好奇怪……。

丁秘書，妳現在通知玩美公司，本公司這個項目只會與這一位李娜娜洽談合作，其他人就不必再來談，請找李娜娜來公司談。

是，明白，董事長，我現在馬上就去辦。

文雅回到公司。經理，合約已經送去對方公司了，辦得好，親一個。

　　鈴鈴……等一下，我電話來了。

　　請問是蘇文雅小姐嗎？我是丁秘書，丁秘書好……。

　　現在通知貴公司，本公司這次的夏威夷旅遊案，只會與導遊李娜娜小姐洽談合作事宜，並指定由李小姐擔任夏威夷導遊領隊，需在合約內註明，限三天內，李娜娜小姐至本公司開會簽約，如果沒有來，本公司將會與其他旅行社洽談。

　　經理，對方公司說夏威夷案只會與娜娜談，我去談是沒用的。這下子該怎麼處理，我想一下，妳先出去，去叫娜娜進來。

　　娜娜，經理找妳。娜娜，坐，喝咖啡，娜娜心想，豬頭經理突然對我這麼好，應該又有什麼事了？娜娜，

妳明天代表公司去陸氏化妝品公司簽約，所有的行程、價目表都已經安排好了，這一次的重責大任就交給妳了，去夏威夷由妳來當領隊導遊，是真的嗎？當然，妳談的項目當然由妳來帶團，太棒了，謝謝經理給我機會，妳等一下趕快約丁秘書，明天就去簽約，好的，我現在馬上去聯絡。

　　只要能把這個大單簽下來，這下子，我可以賺不少錢了……，羅文盤算著準備發筆大財。

　　娜娜來到陸氏企業。丁秘書，這是新修改的合約，您看一下。娜娜妳不是去出差？沒有啊！我這幾天一直在公司準備夏威夷的行程資料，昨天妳公司來了一位叫蘇文雅的，送來合約說妳出差了，不再負責這個項目，接下來由她負責。

後來我直接報告陸董，陸董指示這個項目只會與妳娜娜合作，誰都不合作，董事長對妳非常肯定。

這時娜娜終於明白了，羅文及閨蜜雅雅聯手玩這一手，表面上是好閨蜜、好朋友，原來這些日子以來都是在演戲，往我背後插一刀，早就懷疑他們有不正當的男女關係……。

丁秘書您看一下合約……，丁秘書仔細逐一看著，娜娜喝著咖啡等著……。

合約沒問題，可以。

雙方可以用印了，簽約簽好了，這一份合約妳帶回公司，這一份合約本公司存檔。按照合約內容條款，簽約三天內支付五〇％費用，本公司在三天內會支付款

項，請通知貴公司會計部查收，接下來，我提供這次所有出國名單，共一二〇位團員，請娜娜開始準備收護照事宜，好的，謝謝丁秘書幫忙，必須幫忙，陸董特別指示的，一定要圓滿完成任務，到時候出國，娜娜就多照顧大家了，應該的，謝謝丁秘書。

娜娜回到公司。所有人全體起立，鼓掌歡迎公司最佳員工李娜娜，怎麼了，經理？我合約簽回來了。經理看著合約，太好了，總算簽約簽下來，中午叫披薩、可樂，我請客……，已經知道羅經理、雅雅技倆的娜娜說著，對方公司三天內會支付五〇％給公司，現在已開始辦理收集一二〇位客人的護照事宜。

娜娜、文雅，進我辦公室……

娜娜，這次做得不錯，合約也順利簽回來，因為這次的團有一二〇人，妳一個人沒有帶國外團的經驗，我會派文雅與妳一起處理這次的項目。關於夏威夷地接的旅行社，等我安排好了，會通知妳們，後續妳們再跟進就行，妳們兩個有沒有問題？文雅看著娜娜，娜娜看著文雅，沒有問題，妳們出去吧！開始作業。

　　曾經倆人無話不談，現在無話可說，彼此倆人都有自己的盤算……娜娜心想，還是不要拆穿他們，不然去夏威夷帶團就真的不知道如何相處了……娜娜會知道我做的事嗎？應該不知道吧？那就繼續做表面功夫好了……。娜娜，我們就一起把夏威夷案弄好，晚上我請妳吃晚餐，去吃牛排大餐……娜娜心想，妳這個有心機的雅雅，表面一套、背後一套，還與羅經理有不正當關係，

難怪他如此罩妳。妳想演，我就陪妳演，娜娜心想更何況還有免費牛排大餐可以吃，不吃白不吃。

　　好好，去吃牛排，一起去夏威夷，工作遊玩，穿比基尼去威基基海灘玩水，娜娜妳有比基尼嗎？沒有，我也沒有，到時候在夏威夷比基尼專賣店買就好了，一堆免稅店。

　　我們開始聯繫這一二〇位客人，收護照……。

　　下班後，去吃牛排，好吧！

　　黑胡椒牛排，雅雅妳不要再說了，我流口水了。

　　趕快打電話，聯絡……。

　　娜娜、文雅進來開會，好的，經理……。

　　我已經與夏威夷地接聯絡好了，妳們兩個做筆記，記下來，陸氏公司的款已到，我們開始作業，夏威夷地

接是夏威夷歡樂旅行社總經理方文媛，我們都叫她琳達

電話抄下來，九天的行程也出來了：

第一天　飛夏威夷

第二天　上午參觀珍珠港

　　　　下午小環島遊　宿：凱悅大酒店

第三天　上午古蘭尼牧場

　　　　下午玻里尼西亞文化村　宿：凱悅大酒店

第四天　上午水上遊樂園

　　　　下午太平洋海底潛水艇　宿：凱悅大酒店

第五天　上午 SKYDIVE HAWAII 高空跳傘

　　　　晚上乘坐豪華郵輪欣賞晚霞及威基基夜景

　　　　宿：凱悅大酒店

第六天　上午夏威夷海洋生物主題公園

　　　　下午火奴魯魯之星海豚觀賞船

阿囉哈！娜娜

宿：凱悅大酒店

第七天　一整天自由逛街購物

宿：哈利庫拉尼酒店

第八天　早上恐龍灣浮潛

下午自由逛街購物　宿：哈利庫拉尼酒店

第九天　飛回台北溫暖的家

　　妳們記下來了嗎？記下來了。此次行程人員、行李眾多，雅雅，妳馬上安排車輛，下個月五號要五輛遊覽車，團員有一二〇位，加上你們兩位，共一二兩位，五台車，平均安排客人座位，去程回程遊覽車都要安排好。夏威夷這兒已安排了接機，機票問題趕快聯絡票務組安排，護照問題趕快落實，以及其他細節問題。娜娜，妳與陸氏公司要跟上進度，並且去電聯絡夏威夷的琳達，確認各項行程事宜，雅雅負責全員保險，這是公司

的大案子，千萬不可以出任何差錯，玩美旅行社靠妳們兩位美女了。

　　隨著五號越來越接近……。

　　丁秘書好，我是娜娜，想與您約時間，我過來做夏威夷行程簡報，明天早上十點來公司可以嗎？可以，OK，明天見。

　　娜娜一人在公司加班，製作 PPT 簡報，同一時間，羅經理與文雅卻在汽車旅館快活開心著。娜娜喝著咖啡，啃著冷冷的三明治，電腦打著所有的行程，還好有咖啡喝，不然我都快睡著了，加油！娜娜，妳可以的，……眼皮都快要戰勝不了睡意了，終於搞定，全部弄好，回家睡覺去，快累暈了。

阿囉哈！娜娜

早起的娜娜，一身漂亮正式套裝來到陸氏企業。櫃台通知了丁秘書，娜娜已在會議室準備資料，娜娜妳來了，丁秘書好，等一下陸董也會來聽簡報，丁秘書，我這已準備好了，好的，我去請董事長，妳先喝個咖啡，等一下……。

　　陸董好，娜娜好久不見，妳都安排好了？是的，都在按照進度走，謝謝陸董支持，接下來由我來為貴公司做夏威夷旅遊簡報介紹。目前一二〇位護照已在落實，機位已 OK，九天七夜的行程如下：……第二天會去珍珠港，第四天乘坐潛水艇，第五天安排高空跳傘……，第七天自由逛街買東西，住的飯店都是威基基海灘旁的高檔酒店，隨時都可以去玩水。

　　娜娜妳做事我放心，接下來妳與丁秘書談就好，我先去忙了，是，董事長……。

娜娜，妳安排的行程，董事長很滿意，謝謝丁秘書。這是九天七夜的行程資料，給您丁秘書，我這裡負責的進度會陸續過來公司報告……。

　　回到公司的娜娜持續忙著。對了，應該去電夏威夷的方總，打個招呼。嘟嘟嘟……方總好，我是玩美旅行社的娜娜，阿囉哈！娜娜，羅經理有告訴我，我這裡夏威夷的行程都安排好了，交通、住宿、行程、餐飲都OK，現在就等妳們這一二〇位貴賓客人來夏威夷了，謝謝方總，我們隨時聯繫，好的娜娜，再見……。阿囉哈！

　　雅雅妳這裡的進度也安排好了嗎？我今天已與陸氏公司開過行程簡報會議了，對方公司非常滿意，娜娜，我也安排妥當了，我們去向羅經理報告進度。羅經理，

我們目前的進度已經全部完成了，所有護照已收齊，機票、交通，全部已 OK，雅雅妳做得很好，娜娜妳呢？

我今天已與夏威夷方總確認了行程，細節已完成，早上有去陸氏公司開行程簡報會議，客戶陸董事長非常滿意。太好了，所有的費用，今天陸氏已全部付清了，真是大手筆，付錢豪爽大方的公司。妳們做得不錯，我會給你們獎金。

我宣佈今天晚上全體員工去 KTV 唱歌慶祝一下，公司請客，羅文開心的大聲說著。

全體員工高興的大力鼓掌著。娜娜，晚上我們倆閨蜜一定要喝一杯，來呀！誰怕誰！

五、十、十五、二十，妳輸了，妳喝。KTV 包廂內大家快樂歡唱著，雅雅又輸了一杯酒，娜娜喊酒拳真

厲害，來再來，不服輸的雅雅再次挑戰娜娜……十、二十，妳又輸了，喝，雅雅大口喝下，吐得地上一地，其他同事在舞池跳著舞、唱著歌。娜娜我先走了，經理要走了，我先把文雅送回家。

娜娜知道經理想做什麼，經理知道文雅住什麼地方嗎？我知道，我去過，那就麻煩經理安全的送雅雅回家吧！文雅回家了，我送妳回去……我不要回家，羅文去你家去你家，妳亂說什麼酒話，走，娜娜裝做沒聽見，拿起麥克風唱著歌，原來我酒量這麼好，不喝不知道，一喝才知道，各位同事們，乾杯……。

娜娜叫了出租車回到家。直往廁所吐了一地，紅酒後勁真是強，以後少喝一點，身體比較重要。這次的夏威夷團是我第一次帶國外團，一定要好好帶，一二○人

阿囉哈！娜娜

的收入，公司應該賺很多錢，住宿、餐飲都是最高規格的，我想這次我的獎金應該也會不少吧！這次真的感謝陸媽媽的幫忙，所以平常一定要真心對人好，可能別人想到妳，才有機會幫助妳，所以幫人就是在幫自己，今天真是好累喔！

睡覺，睡覺，明天還有很多事要處理……。

澡懶得洗，牙忘了刷，倒頭就睡的娜娜，真是累壞了……。

熱鬧的辦公室，因為夏威夷案而全員動了起來……。

娜娜妳昨天太會喝了，酒拳又喊得好，原來妳也是愛酒人士，NO，我一點也不太喜歡喝酒，適量紅酒有益身心，但是喝多了就影響身心了。

妳們兩位美女一大早精神不錯，早，經理，都進來。

後天就要帶團去夏威夷了，妳們都準備好了？我的進度已全部完成，娜娜呢？全部已完成，夏威夷方總也已準備好了，今天會再通知丁秘書後天出發，會在陸氏公司全員集合上五台遊覽車。很好，做得很好，這次妳們順利完成任務後，公司會頒發獎金給妳們，謝謝經理，妳們去忙吧！

文雅留下來⋯⋯。娜娜關上門。

她們兩位又不知道一大早在竊竊私語什麼了，哎！家有嬌妻的羅經理，與身材火辣的小三雅雅，天天上演同樣的劇情，我就裝做不知道，做好自己的工作就好。

午餐時間到了，雅雅還在羅經理辦公室內，不等了，自己去吃午餐，今天去微風百貨小吃街吃飯好了。等著

過馬路的娜娜，小姐可以買玉蘭花嗎？賣花老婦人叫賣著，娜娜拿出一百元向婦人買玉蘭花，一束二十元，婦人給娜娜五串，阿姨給我一束就好，祝您今天生意興隆。

謝謝妳小姑娘，心地真善良，這玉蘭花真香。

娜娜一個人來到百貨地下街，今天要吃什麼？

牛肉麵？漢堡？排骨飯？

吃蔬菜雞蛋麵好了，最近大魚大肉吃多了，吃清淡一點有益健康。

十八號請來櫃台拿餐，娜娜小心翼翼的端著熱湯麵，左閃右躲的避開人潮，回到自己的座位，吃著拉麵……。

小姐一位嗎？我可以坐這一個位子嗎？娜娜抬頭看著手拿托盤的一位男士，可以，繼續低頭吃著自己的

麵。小姐，真巧，我點的麵與妳的一模一樣，娜娜微笑著不語，吃著麵。

這家麵店的生意很好，一個人來吃麵的人，往往都要與人併桌吃麵，上班族中午吃飯時間又短，排隊、來回路程，就剩沒幾分鐘吃飯了。娜娜大口喝著湯，娜娜心想，這男的真是多話，我長得這麼不安全，他該不會是想把我吧！故意靠近我，小姐妳是做什麼的？賓果！被我說對了，藉機找坐位吃拉麵，實際目的是要靠近我，……我是做旅行社的，正好，我才正要找旅行社，小姐，妳可以給我名片嗎？先生這是我的名片，李娜娜，真是好聽的名字。娜娜，這是我的名片，我叫周大福，周大福，哈哈！你家是開銀樓的？娜娜看著名片：綠葉公司，你是賣菜的？不是，我是做銷售日常生活用品的健康事業公司，過一陣子我們公司會需要員工旅

　　　　　　　　　　　　　　阿囉哈！娜娜

遊，到時候找娜娜幫我們安排旅遊行程，好嗎？你確定大福先生，叫我大福就好，你可以決定？我大福可以決定。雖然我與大福只有一面之緣，你看起來面相還算正派，除了臉上長了幾顆痘痘，妳最近常熬夜工作吧？對，我最近比較忙。

那我們就握手合作愉快，記得出國旅遊一定要找我，我先去上班了，大福，再見！娜娜，再見……。保持聯絡。走在回公司路上的娜娜心想，這年頭吃個拉麵，還會碰見怪怪的人。

回到公司的娜娜。雅雅問著，娜娜，妳怎麼沒等我一起吃午餐，自己就先跑出去吃了，妳在羅經理辦公室一直不出來，肚子好餓，就先跑去吃了，肚子餓等不了。沒辦法，身體受不了。

妳不會叫披薩來吃？妳現在出去吃還不如叫外送，也對，叫披薩，倆人吃著披薩，整理著明天即將去夏威夷的旅客證件……。娜娜真會吃，我還沒吃飽！

到了出發夏威夷的這一天……。

一大早娜娜已在集合現場等大家，五台遊覽車也提早到達等候，盡責的丁秘書也到了現場。丁秘書早，娜娜早，丁秘書坐一號車，行李給我，您先上車。陸氏企業員工陸續到達，分配在一到五號車就坐及擺放行李，奇怪，雅雅怎麼還沒到，該不會是睡過頭了。

趕快叫她，嘟嘟……哇，沒人接，再打一次，嘟嘟嘟……，喂，雅雅，妳在什麼地方？我們要出發去機場了。

啊，完了，我睡過頭了，娜娜等我，我現在馬上過來。雅雅打醒睡在旁邊的豬頭羅文，怎麼了？還怎麼了，都是昨晚玩了一整夜，現在趕快開車載我去與娜娜會合，要去機場去夏威夷了。

對，快快快……，倆人一絲不掛的找衣服穿……。

羅文火速的開車趕到了現場。娜娜看著雅雅坐著羅經理的車來到現場，就可以想像倆人昨晚到底有多麼的激烈，差點錯過去夏威夷。娜娜，陸董事長到了，娜娜與丁秘書趕忙下車迎接，一台白色幻影勞斯勞斯，下來了陸董，陸董細心的扶起媽媽，走了出來，是陸媽媽。陸媽媽好，娜娜啊！好久不見了，陸媽媽身體好嗎？身體還行，趁著身體硬朗還可以走，就要到處出去玩。我的乖兒子志祥很孝順，把我照顧得很好，陸董好，請上

一號車，丁秘書，現在全部的人一二○位已全部到齊，出發夏威夷⋯⋯。一路上五台遊覽車，直奔機場⋯⋯。

娜娜與雅雅在登機櫃台安排所有團員陸續登機。都上飛機了，娜娜通知了在夏威夷的方總，告知一二○位團員已上飛機⋯⋯。

飛機升空，飛向全球度假聖地排名第一的夏威夷⋯⋯。娜娜看著窗外美景，激動無比，這還是我第一次坐飛機出國呢！真是太棒了，帶國外團真是太爽了，有玩有吃又有錢可以拿。

漂亮的空服員開始送餐。牛肉飯？還是海鮮麵？我要海鮮麵。昨晚不知道到底有多累的雅雅，一上機就一直睡著，她要牛肉飯，先幫雅雅留著好了，省得等一下睡醒了，又在哭著喊肚子餓。娜娜邊吃著飛機餐，看著

阿囉哈！娜娜

最新上映的電影，真是一大享受。從台北飛到夏威夷大約飛行九個小時，還好，也不會太遠，看個五部電影就到了，看著大部份的團員早就睡成一片，而我此時，卻是精神飽滿的看著電影……吃著零食……心裡想著即將到手的旅遊業務獎金。

這時空姐廣播著飛機即將到達夏威夷。團員們每個人興奮看著窗外風景，太美了，夏威夷海，看見了許多的大型郵輪，太陽光真大，好刺眼，忘了帶墨鏡，等一下再去血拚買一隻，要降落了……到了，終於到達夏威夷。趕快通知方總，方總，我是娜娜，我們一二○位團員到達夏威夷了，現在準備去拿行李，阿囉哈！娜娜，我已在出口處等待各位……。

團員們依序拿著自己的行李，還有誰還未拿到行

李，全部拿到了，全員到齊了嗎？彼此看一下都在嗎？都在，那我就不點名了。

　　陸媽媽、陸董、丁秘書，我們往這走……，一出門，看見偌大的看板：歡迎陸氏化妝品公司。歡迎，阿囉哈！娜娜，現場烏克麗麗樂團彈奏著夏威夷歌曲歡迎貴賓。阿囉哈！娜娜，我是方文媛，方姐好，方姐，這位是陸董事長、陸媽媽，還有丁秘書，這是我的同事蘇文雅，歡迎各位貴賓來到夏威夷，夏威夷女郎用漂亮美麗的花圈戴在每一位貴賓身上……，編號一到五的遊覽車都是歡樂旅行社的車，請貴賓們上車，會有專人把行李放上車。

　　我先自我介紹，我是歡樂旅行社總經理方文媛，叫我琳達就行，我們現在先前往威基基海灘凱悅大酒店，就在威基基海灘旁。貴賓們隨時都可以去海邊玩水，酒

店旁就是購物街，名牌商品、免稅店、當地夏威夷特色商品烏克麗麗樂器、夏威夷衫都有……。

　　夏威夷有八個主要島嶼，這裡是歐胡島，觀光客最多，來自全球世界各地，來此度假遊玩觀光。

　　在我的左手邊就是夏威夷非常有名，觀光客最喜歡去血拚購物的地方，也是世界上最大的露天購物中心：阿拉莫阿那中心。這家露天購物中心，距離威基基海灘只有幾分鐘的車程，中心內有大約三五〇家各種各樣的商店，世界知名品牌都在這設櫃，是目前夏威夷最大、商品最齊全的豪華精品店的聚集地，各國風味的餐廳也開在這。購物中心包括了四家大型百貨商店，其中包括梅西百貨、西爾斯百貨、內曼馬可斯百貨，以及諾德斯特龍百貨，是觀光客必來血拚購物的地方。

　　各位貴賓，車上的飲料、零食、巧克力，請盡情享

用，都是免費的。

　　前面的這個地點，皇家夏威夷中心，是觀光客一定要來的景點，沒有來這你們一定會遺憾。這裡以購物和美食為主，在露天中央表演區，每天都舉行各式文化活動，包括夏威夷音樂表演、四弦琴演奏、藝術、編織、手工藝等。另外還有一個擁有七百六十個座位的劇院，演出結束後，劇場的活動座椅可以收起，進而演變成一個可以容納一千人的高級夜總會。

　　前面就是威基基，凱悅大酒店到了，……酒店經理帶領員工前來安排貴賓入住事宜及行李安排，酒店精心的安排著這一二〇位貴賓的到來。方總開始安排住宿，娜娜，這個總統套房是陸董及陸媽媽的鑰匙，娜娜妳有交待，陸董房間免費升等，我與酒店談好了。

謝謝琳達姐支持！

這是妳與雅雅的，這是丁秘書的。

其他團員的房間，現在由我公司員工正在發放……。

各位貴賓，行李進房後，先在酒店休息一下，一小時後所有人在一樓大堂集合，出發去參觀景點珍珠港……。

陸董、陸媽媽，這是您的房間，請先回房休息，房間已升等為總統套房。娜娜，謝謝妳，陸媽媽先休息……。

娜娜妳怎麼沒有帶墨鏡，在夏威夷陽光非常強烈，不戴墨鏡是會傷害眼睛的，我放在家裡忘了帶來了，等有空時再去購物中心買，妳與雅雅先回房休息，一小時後在大堂集合，好的，琳達姐，謝謝！

細心的方總去了 Dior 名牌店挑了一支太陽眼睛，

準備送給娜娜，買完後回來酒店大堂……。

　　娜娜提前十分鐘下來一樓等待。琳達姐，阿囉哈！娜娜。娜娜，這一支墨鏡送給妳，怎麼好意思收您禮物？這個眼鏡適合妳，在夏威夷不戴太陽眼鏡是不行的，謝謝琳達姐送我的禮物，感謝！

　　娜娜做這行多久了，差不多半年了，才半年，可是妳做得很專業，業界說這個陸氏企業員工旅遊是妳一個人洽談的。是的，我一個人談的，一個人做了夏威夷PPT簡報，向陸董做簡報，就順利拿下了這個項目，一次有一二〇位的團，娜娜，妳公司應該會頒發很多獎金給妳的，哈哈！琳達姐，我現在還沒有拿到，希望是有獎金給我，公司還沒有說要給多少獎金？

　　團員陸續下來，琳達的員工開始安排貴賓上車……。

現在出發到珍珠港，團員陸續下車……。

坐船，參觀珍珠港，大家都應該看過一部很有名的電影《珍珠港》說的就是這裡。上午一行人參觀了中國城、夏威夷國王王宮，到了中午用餐時間，歡樂旅行安排了威基基最著名的海鮮餐廳 Todai……。各位貴賓，我們到了用餐地點，今天吃 Todai 海鮮自助大餐。請進，座位已安排好了，這三排都是我們的位子，娜娜、雅雅安排客人入座，自助餐桌上有一百多種食材，雪蟹腿、牛排、金槍魚、各式生魚片、龍蝦……，請團員們開始享用午餐，別客氣，盡量吃……，娜娜、丁秘書、雅雅、陸董、陸媽媽請坐這一桌，好的，陸董、陸媽媽您坐，我去拿海鮮，謝謝娜娜。

我去排隊拿好了，現在不是在上班，娜娜妳私下叫

我志祥就好。

這樣好嗎？會不會太沒禮貌了，不會的，私下叫志祥，如果在員工面前叫志祥就怪怪的……，娜娜與陸董倆人與員工一起排隊拿食物……，員工們看著陸董，老闆好，大家多吃一點，這間店真是大間，海鮮、牛肉看得我肚子真餓……。

大家真是餓了，一盤接著一盤的拿……。

陸董舉杯謝謝所有員工：各位親愛的同事們，謝謝全體員工這一年對陸氏化妝品的全力付出，公司生意持續增長之中。

感謝玩美旅行社李娜娜安排這麼棒的夏威夷旅遊，才第一天的行程就玩得吃得這麼開心，全體舉杯敬娜娜。謝謝陸董、謝謝陸媽媽，沒有陸媽媽的介紹，我也

不會認識陸董，更不會認識陸氏企業的所有員工朋友，更感謝夏威夷歡樂旅行社的總經理琳達姐的安排，謝謝大家。祝各位在夏威夷吃好、住好、玩得開心，有一個美好的回憶，乾杯……乾杯……。

雅雅不是滋味的看在眼裡，感覺在這次的行程中，自己沒有太大的作用，在夏威夷已有琳達公司派出的導遊來照顧客人。雅雅吃著口中的牛排，就當自己來玩的心態就好……看娜娜與陸董吃得這麼開心，就不是很高興。娜娜拿著飲料敬著琳達，雅雅喝一杯，妳這杯不是番茄汁嗎？我這杯是紅酒，我現在在工作先不喝，喝醉誤事就麻煩了，所以我堅持工作時不喝酒，那娜娜妳是酒量不好，我乾杯，雅雅一杯接著一杯的喝著紅酒……。

各位貴賓，吃完飯後，接下來會去小環島遊。一行人去了威基基海灘、卡哈拉豪華住宅區、鑽石頭火山、噴水口、東海岸白沙灣，以及夏威夷土著保護區等景點參觀，和體驗製作當地夏威夷土著手工藝品 DIY……。

　　到了晚餐地點……。

　　琳達宣佈著，我們今晚在踊子日本料理店用餐，這是日本風味餐廳，我們已包場下來，整間店只有我們的貴賓，各位請進來入座。

　　這間店創業於一九七二年，一路堅持著日本傳統的料理味道，位置就在威基基海灘市中心。這裡的菜色舉凡生魚片、壽司、龍蝦、火鍋、烤肉……都有，還有卡拉 OK，想唱歌的人可以上去點來唱……，服務員已在上菜了，請貴賓們盡量享用……。

陸董、陸媽媽非常開心吃著，娜娜幫著大家正在烤著肉……。

　　娜娜別顧著幫大家烤肉，妳也吃，好的。現場員工唱著〈愛拚才會贏〉的歌，比較調皮的員工改編成〈愛吃才會贏〉，改了歌詞唱著，逗著大家笑成一團……。娜娜看著大家在夏威夷才第一天就玩得這麼嗨！開心的吃著海鮮，謝謝琳達姐，多吃一點，娜娜，妳最辛苦……。

　　飯後，全員回到酒店休息。娜娜與雅雅在房間裡整理衣物。娜娜，這個陸老闆真是有錢，大手筆請全體員工度假，長得又帥，真是天菜。他已經結婚了嗎？我不知道吧！我與他不太熟，他就是個客戶，不清楚他的私人事情。

公司靠著這次的一二〇人夏威夷旅行團，可以大賺一筆錢，羅經理高興死了，所有行程吃得這麼好，我們住的這間凱悅酒店不便宜，……雅雅，妳怎麼又在喝酒，冰箱裡的酒就是拿來喝的，妳別喝醉了，明天還要帶團，有地接的旅行社安排就好。不是這樣，我們應該也要一起與歡樂旅行的琳達姐一起服務客人才對，……不跟妳說了，我先去洗澡，累了一天……。

　　娜娜躺在充滿泡泡的浴缸裡，感受著在夏威夷所帶來的快樂與身心喜悅，泡澡解除身體短暫的疲勞，準備明天的工作挑戰……。

　　全員在夏威夷的第三天……

　　娜娜與琳達安排著所有團員上車，全到齊準備開車出發去下一個行程古蘭尼牧場，……雅雅怎麼還沒上

車？請稍等一下，琳達姐。該不會是雅雅還醉在酒店房間裡吧？我去房間看一下，果然在房間，雅雅……妳還在醉？叫不醒，真是喝太多，雅雅……要出發了……我喝醉了……娜娜，妳去，我不去了，在酒店休息，好，妳休息，我先去帶團了，娜娜快跑上了車。琳達姐，不好意思，我同事文雅昨晚喝多了，不去了，在酒店休息，明白……所有的車出發去牧場。

　　娜娜心想，這個雅雅太扯了，在台北喝就算了，在夏威夷還喝。竟然喝醉影響工作……娜娜，琳達姐，妳同事喝多了，是的，醉了，起不了床，應該是感受到熱情的夏威夷，太開心了，所以喝多了，在這個全球浪漫著名的度假勝地夏威夷，太高興一時酒喝多了。

　　總是會一不小心喝醉的，雅雅真是把玩美旅行社的臉丟光了，真是的……，娜娜一直抱歉著。

琳達介紹著古蘭尼牧場。各位貴賓，你們有看過《侏羅紀公園》那部恐龍的電影嗎？有，有看過。那部電影就是在這裡拍的，記不記得，有一個場景是博士與小孩，走在一片大草原上，突然後方有數量眾多的草食性動物恐龍往他們背後跑來，博士與小孩趕快跑去躲在一個倒在地上的大樹下，突然出現了一隻大暴龍，就從他們的上方咬住了一隻草食性恐龍，趁著暴龍正在吃獵物時，博士與小孩趕快逃跑……。大家有看到這個場景嗎？有有有……有看到，這個場景就是在古蘭尼牧場拍攝的，因為《侏羅紀公園》這部恐龍電影的全球大賣座，這裡成為夏威夷最著名的景點，來自世界各地的觀光客都指名要來此朝聖拍照留念……古蘭尼牧場其實還有許多的設施，可以騎馬、騎四輪摩托車，電影城、叢林探險，還有夏威夷女郎的舞蹈演出。到了，前面就是

阿囉哈！娜娜

……，貴賓們，請下車……。

　　娜娜扶著陸媽媽下車，謝謝妳，娜娜，還是妳最細心，會照顧老人。陸董一聽，媽，我來扶，我來扶，娜娜，謝謝。

　　貴賓們，下車請隨身攜帶貴重物品下車，待全員下完車，娜娜巡了一遍位子，發現座位上有一個錢包，團員未拿走，注意注意，這個錢包是誰的？一位女團員跑了過來，是我的，是我的，忘記帶下車了，謝謝娜娜。

　　琳達看著娜娜，這個領隊做得很好，對客人很細心照顧。全員集合，先在入口處等待，牧場會有專人來帶，貴賓們想玩的設施，可以告訴我歡樂公司的導遊，他們會為您安排。

　　許多人去排隊騎馬，有的人去玩四輪沙灘機車

……，更多人在拍恐龍當時出現的場景。如果大家玩累了，前面有休息區，有咖啡、飲料可以用，免費的不用錢，中午我們會在這裡吃烤肉大餐。

　　琳達繼續專業的介紹著旅遊景點：古蘭尼牧場……。

　　古蘭尼是歐胡島上最大、最古老的畜牧牧場，這片土地曾經是皇家貴族的訓練場地，這裡有得天獨厚的自然地形面貌，以及美麗的景色，成為眾多好萊塢電影最佳的拍攝地點，來到夏威夷一定要來這裡玩，是最著名的景點，觀光客必來一遊……。

　　娜娜帶著陸媽媽與丁秘書，坐在觀眾席看著夏威夷女郎跳著傳統舞蹈，而陸董則去騎馬。坐在觀眾席看舞蹈的三人，被台上的主持人請到舞台上，學習跳呼啦舞

蹈，一身花的裝扮，跳著呼啦舞，伴隨著夏威夷曲風音樂，跳了起來，陸媽媽大笑著，真是有趣的舞蹈……，娜娜手舞足蹈，丁秘書同手同腳，三人與其他旅客一同為現場觀眾獻舞，歡樂的笑聲，全體來賓掌聲不斷……。

中午所有人在牧場內享用牛排海鮮大餐。原住民風味美食，自助式無限量供應，新鮮果汁免費暢飲。陸媽媽喝果汁，娜娜拿了許多杯飲料給大家，琳達及其他地接導遊也專業地照顧著每一位遠道而來的貴賓，大家吃得開心，陸續有員工跑來與陸董拍照。娜娜可以幫我和老闆合拍相片，好，來，……三、二、一，OK，其他人見狀，也跑來要求與老闆合照，娜娜一個接一個手機拍著……。

拍完了所有合照，這時陸董拿出手機說：娜娜我們一起來合照，交待了員工拍照，拍好看一點，再拍一張。

　　媽媽，我們三人一起合拍一張……。

　　娜娜，我們兩個還沒有加 LINE、微信及互留手機吧？沒有，陸董，叫志祥就好，旁邊又沒人，這是我私人電話，妳存下來。

　　我們加 LINE、微信……OK 了，加上了……剛剛拍的合照，我現在傳給妳，……收到了嗎？收到了，拍得真好看，志祥坐下來趕快吃，等一下準備要去下一個行程了。陸媽媽，還要蘋果汁嗎？再一杯好了，好，我現在去拿……看到了沒？兒子，這個娜娜不錯，當我的媳婦不錯，從上次第一次見面我就很喜歡，志祥大口喝著果汁，媽，我知道了，起身再去拿一杯果汁來喝……。

坐在車上的團員們，看著琳達解說介紹下一個行程景點。現在要去的景點是玻里尼西亞文化中心，占地有四十二英畝，是一個非營利機構，是為了保留寶貴的玻里尼西亞文化而設立的。來到這裡，大家可以親身體驗到所有玻里尼西亞島嶼的傳統文化與存在數百年的當地習俗。

現場有許多與遊客互動遊戲的安排，到時候被主持人找上台就盡量體驗，另外也會有東加群島擲矛的操作練習，薩摩亞群島的火刀舞教學，以及紐西蘭群島的紋身……等。現場有七個太平洋不同種族的村落，夏威夷、薩摩亞、大溪地、東加、斐濟、紐西蘭、瑪貴斯七個太平洋島嶼，各個民族具有代表性的舞蹈及技術藝術，實地體驗了解他們的歷史文化背景……。

琳達專業的解說，娜娜專心的聽著也寫在隨身攜帶

的筆記本上……，娜娜站了起來，謝謝琳達姐的專業解說，讓大家了解到當地夏威夷傳統文化及歷史背景，每到一個行程景點，都非常用心仔細的解說，使得遊客來夏威夷不只是走馬看花，看風景而已，而是在深入了解，透過在夏威夷遊玩當中，學習到夏威夷的傳統文化，就像是在上一堂夏威夷旅遊課程，各位貴賓，請用力、大力掌聲，謝謝歡樂旅行社老闆方文媛女士，琳達姐專業的講解，現場掌聲不斷……。

在夏威夷彼此的問候語，可以說阿囉哈！

阿囉哈！是夏威夷玻里尼西亞語，是你好、再見以及愛的通用語，大家可以向你的左右同事說一聲：阿囉哈！阿囉哈……，琳達教著大家阿囉哈用語……，學習了解夏威夷文化。

到了，貴賓們請下車，晚上會在這裡用餐及觀賞劇場演出表演。

看了傳統表演及體驗原住民編織課程，到了晚餐時刻，團員排隊拿著餐盤拿食物……。

精彩的表演和豐盛的晚宴融為一體，是玻里尼西亞文化中心的主要重頭戲，阿里魯奧宴每晚在哈雷阿囉哈劇場餐廳舉行，深受觀光客喜歡，是夏威夷旅遊景點必訪行程之一。

剛起床的雅雅，準備去吃早餐。妳已經酒醉睡了一整天，應該醒了吧！早醒了，先去吃早餐，今天上午行程要去水上遊樂園玩水，妳有帶比基尼泳裝嗎？沒帶，去水上遊樂園買就好，應該有賣。餐廳早餐的菜色是我在其他都市型五星酒店吃不到的，尤其是新鮮的各種果

汁：蘋果汁、鳳梨汁、芒果汁，比其他酒店的罐頭飲料有誠意多了，早餐與晚餐的菜色一樣的豐富，哇！真是美食當前，不怕胖的多吃幾盤。雅雅妳吃第二盤了，昨天餓了一天，要把體力補回來，今天行程除了去水上遊樂園，還去什麼地方？下午去坐海底潛水艇，還有十分鐘，要到門口集合了，我吃飽了，雅雅妳繼續吃，我先去門口等團員，還有十分鐘，妳那麼早去幹嘛！我習慣提前早十分鐘到，……妳吃完後趕快來門口集合……。

　　早，早，琳達姐，娜娜還是提前等待團員，我習慣了，提前十分鐘，就怕遲到，手錶都調快了十分鐘。

　　團員們陸續上車，雅雅妳身體好點了吧！酒全醒了，沒事了，謝謝琳達姐關心，早，陸董、陸媽媽。

阿囉哈！娜娜

各位團員早，昨天的古蘭尼牧場好玩吧！

今天早上的行程，我們去水上遊樂園遊玩。

這裡有賣泳裝，也有商店街及咖啡店，我們會在這裡停留到十二點，全員請十二點在大門口集合，去吃午餐，現在開始自由活動。話才一說完，雅雅已經跑去泳裝店挑選比基尼，而娜娜正在發放團員一人一瓶礦泉水。大家請多喝水，補充水份，不玩水的人，可以在咖啡店休息或逛一逛商店街。雅雅一身比基尼裝，穿著迷你白色短褲，上衣比基尼露出豐滿半個球，感覺就像是觀光客一般，不像是領隊導遊……。娜娜安排著陸董與陸媽媽在咖啡店休息。

陸董、陸媽媽，喝咖啡。謝謝娜娜，今天是第三天了，看公司員工個個都玩得這麼開心，所以出國旅遊是

對的，以前員工旅遊都是在阿里山、日月潭、墾丁，難怪個個苦瓜臉，這次大家來夏威夷，員工們玩得開心，個個笑容滿面，直說公司員工福利很好，這都是娜娜安排得好，兒子，公司以後每一年員工旅遊都找娜娜來設計安排旅遊行程。是的，都要找娜娜，娜娜明年我公司的員工旅遊就麻煩妳安排了，雖然我是董事長，一人之下萬人之上，我還必須聽從上級領導的安排，媽媽是公司創辦人，陸媽媽一定是女強人，才能夠一手創立這個化妝品公司，我就像是虎媽一樣，嚴格管教孩子。

志祥他爸走得早，發生意外，被酒駕的人開車撞死，我擔起家庭重擔，推銷化妝品從一支口紅開始做起，一直拜訪客戶，朋友的幫忙，有錢有膽子了，就飛去巴黎直接洽談代理。一步步才有現在的成績，志祥本來在加

州開著一家咖啡店，我是年紀越來越大了，早晚要把這個公司傳下去，去年用母親的身份要求志祥一定要回來幫忙，孝順的志祥就把咖啡店給賣了，回來擔任董事長職務，我安排他每個部門都要去學習，從基層開始做起，才會知道一個公司到底是如何運作，如何獲利的。志祥看著娜娜，喝著咖啡，這都是媽媽教導得好，看著現在公司的成績，不敢自滿，還是要時常觀察市場走向及顧客的需求……。

琳達進來咖啡店……娜娜要集合囉！去吃午餐了，琳達姐，好的，陸董，叫志祥就好，沒外人，志祥、陸媽媽，我們要去吃午餐了，大家集合在門口，各位團員，我們不用坐車，吃午飯的地方就在前面很近，走路兩分鐘就到了，請跟著我走。

琳達帶隊，到了，就是這家銀座園韓國烤肉店。

我們已經把整家店全部包下來了，團員入內請隨意坐，韓國老闆親切的問候著每位客人，服務員開始上菜，一次來了一二〇位客人，在夏威夷任何一家餐廳老闆都應該開心及歡迎的。

琳達介紹著。

這家韓國人開的烤肉店，所有的料理都是韓國正統的風味。韓式烤肉和冷麵是店裡的招牌料理，除此之外，還有牛肝刺身、鹽味牛舌、牛肉拌飯、牛肉烤肉等人氣菜單，所有前菜全部不用錢，又很大盤像是點菜來的，有辣口菜、鹽水豆芽、脆口圓白菜、韓國風味沙拉……等，大家用餐別客氣，多吃一點。

老闆贈送一人一杯啤酒，不喝酒的，現場飲料免費暢飲。

阿囉哈！娜娜

韓國烤肉加上韓國啤酒真是絕配，韓國電視劇都是這樣演的。雅雅已一口氣喝完了一杯啤酒，娜娜妳這一杯啤酒不喝，我在工作不喝酒，那妳這杯酒我喝了……。

琳達看著雅雅直搖頭，心想妳到底是來工作？還是來當觀光客的？如果是我的員工，早就叫進辦公室訓誡一番……便起身拿了一瓶可樂給娜娜……。

各位團員，大家嘴巴不要停，繼續吃，烤肉的手不要停，繼續烤。現在時間是十二點半，我們會在這待到一點半，旁邊就是 DFS 免稅店，想吃的繼續吃，已經吃飽想買東西的人，可以去附近逛逛別走太遠，一點半準時，我們在停車場等大家上車，大家請記住一點半前一定要回來上車，下午要去乘坐海底潛水艇……。不要遲到。

娜娜，妳在這安排陸董，我帶大家去免稅店，好的，琳達姐，大家想去免稅店血拚的，跟著我走⋯⋯。

　　雅雅放下手中的啤酒，跟著去了免稅店。

　　娜娜安排著志祥、陸媽媽先上車休息，在車旁等待團員回來。在車上的陸媽媽說著，看見了嗎？志祥，找員工就要找這種的，認真負責又細心，到現在娜娜知道自己的身份是領隊，另一位領隊倒像是遊客來血拚購物玩樂的。這個娜娜不錯，你多與她接觸，多多了解，我知道了，喝水，媽⋯⋯。

　　五台遊覽車，浩浩蕩蕩的來到下一個行程：乘坐太平洋海底潛水艇。請大家在這裡排隊排成一行，琳達與老闆用英文交談著，團員分別上了二台潛水艇⋯⋯。

　　琳達介紹著：亞特蘭蒂斯號，是目前世界上最大的

客運潛水艇。潛艇內部寬敞，大空間，不會有壓迫感，視野寬闊，座椅舒適豪華，潛水艇以高性能和高安全性著稱。可以欣賞五彩繽紛的海底世界，海底有千姿百態各式各樣五顏六色的魚種，以及美麗的珊瑚礁，如果運氣好還會看到一群海龜。現在是在水深一一〇英尺以下的太平洋海底世界，透過潛水艇圓形的玻璃窗就可以觀看巨大的戰艦沉船、珊瑚岸礁、火山熔岩，以及各種熱帶海底生物，大家可以戴起耳機，有中文解說，欣賞美麗的夏威夷海底世界，全程時間大約三小時。

夏威夷行程進入第五天……

今天的行程是去 SKYDIVE HAWAII 高空跳傘，晚上乘坐愛之船欣賞晚霞及威基基夜景，晚餐是在船上享用海鮮及牛排燒烤。有跳過傘的人請舉手，琳達詢問

著，沒有人跳過，單身沒有另一半的請舉手，還沒結婚的請舉手，想要重生的人更要來跳，單身者跳完，桃花就來了，從天而降，非常刺激，有專業的教練及高品質的器材，很安全別擔心。飛機飛到降落點上空，從八千至一萬四千英尺縱身跳下，大約三十秒，無傘自由降落，往下看著夏威夷海，漂亮美景盡收眼底，今天我們已經把跳傘俱樂部全部包場下來了，會停留到下午四點，出發去坐愛之船，各位貴賓，前面就是 S 跳傘俱樂部……。到了，請下車。

　　S 俱樂部老闆瑪麗已在店門口迎接貴賓到來。阿囉哈琳達，阿囉哈瑪麗。瑪麗，我為妳介紹，這位是領隊娜娜，這一二〇位旅客就是她帶來的，阿囉哈娜娜。大家請來貴賓室喝咖啡，S 俱樂部員工安排著團員填表上課，跳傘前一定要看 VCR 影片……，娜娜介紹著，這

位是陸氏化妝品公司陸董及創辦人陸女士，阿囉哈，歡迎各位貴賓來 S 跳傘俱樂部。

這裡天天都是美國人、日本人、韓國人來跳傘比較多，最近店裡開始在亞洲廣告宣傳，華人越來越多來跳傘，夏威夷最大的跳傘俱樂部就是 S 俱樂部，大家請喝咖啡，中午我們有準備午餐，自助式的，有牛排、羊排、海鮮。

第一輪的團員已經穿好跳傘衣自拍上傳 IG，上了飛機，一下子就上了天空……，飛機到了降落點，門開了，強烈的空氣強風吹進了機艙內，教練拉著團員，一組接著一組往下跳，攝影師捕捉著客人的驚嚇及快樂表情影片。瑪麗請大家往上看，哇！哇！客人尖叫著，傘打開了，一組接一組的往下緩慢的落下，雅雅尖叫開心著，太好玩了，第一位落地，第兩位丁秘書也下來了，

一組一組的都平安落地……。

　　來夏威夷一定要來跳傘，練練膽子。娜娜、陸董，妳們也去跳，真恐怖，沒事的，人生總有第一次的，喝完咖啡再去好了。這次有一二〇位貴賓，俱樂部有三台新的飛機服務旅客，我店裡以前在這裡有發生一段浪漫的愛情故事，瑪麗正說著。以前有一位客人從日本來我店裡玩跳傘，第一次跳太緊張了，竟然在天空中跳下來時昏倒了，平安落地後，日本客人覺得怎麼沒感覺，昏倒怎麼會有感覺，於是馬上再跳第二次，卻愛上了跳傘，連跳了三次。因為太喜歡夏威夷，太喜歡跳傘了，與我公司的跳傘教練戀愛結婚，生了小孩，現在住在夏威夷，他們夫妻也常來玩。跳傘有的是來過成人禮，男生表白愛意跳傘，生日跳傘，夫妻吵架跳傘，更有人自白說，因為很想跳樓自殺，先來體驗一下跳傘，到底有

多恐怖，因為跳樓與跳傘都是跳，只是兩者高度不同。跳完傘後，有的人人生從此改變了想法，每個人的理由不同，你看跳過的人還興奮開心著，他們正在排隊拿隨身碟，會有剛剛跳傘的珍貴影片在裡面留作紀念。娜娜、陸董，妳們兩位也去跳，我安排我公司資深教練來服務兩位。

娜娜，這是喬治，陸董，這是麥克，阿囉哈！

妳們先去換裝，琳達妳也要跳嗎？我就不跳了，我服務客人。

各位貴賓，現場備有免費果汁飲料，請大家慢慢享用……。

娜娜與陸董穿好了跳傘服。各位我們要上飛機跳傘了，記得幫我用手機拍下來，現在已開始在拍了，丁秘

書、雅雅及其他剛跳完傘的員工，正在拍著他們的老闆陸董。

老闆保重，老闆保重，老闆保重，各位親愛的員工，妳們全部都面無表情，說著老闆保重，讓我覺得太搞笑了。老闆跳傘真是太刺激，一開始很怕，跳下來十秒後就不怕了。

你等一下跳下來就知道，原來跳傘這玩意會令人還想再跳第二次，用以證明自己真的很勇敢。

飛機升空了，陸董與娜娜此時應該很害怕吧！

到了！到了！飛機快飛到降落點，大家趕快拍影片直播上去，下來了，下來了，第一個是誰？好像是會計部的林姐，第兩位是業務部小王，第三位是誰？櫃台阿

美，妳怎麼都看得到，妳是千里眼喔！這不是有望遠鏡，難怪，下一位就是我們敬愛的老闆了。老闆、老闆……，我們大家等一下逗弄一下老闆，全部的女生等老闆一落地，全部跑過去抱住老闆，然後叫老闆！老闆！……，大家準備，他快落地了，下來了，衝啊！

老闆陸董突然腳軟，落地時還跌倒了，一群女生衝上前扶起了老闆，員工們演的這一幕逗得董事長大笑了起來……。

娜娜下來了……，完美的落地。喬治教練告訴娜娜，妳跳得很好，在上空時也沒有感到害怕，大部份的客人最害怕的時候就是門一打開時，是最令人擔心害怕的，但是跳下去後，向下看著漂亮的海，身體急速的落下，美麗景色戰勝了恐懼，謝謝喬治教練。

瑪麗用麥克風，通知已跳完傘的人，來櫃台拿影片隨身碟及領取跳傘證明書，現場由教練頒發，並在SKYDIVE HAWAII 拍攝區拍照留念。大家請看牆壁的相片，都是來自全球各地的旅客拍的，娜娜仔細的睜大眼睛，看著一張相片，這不是周天王嗎？還有很多的歌手、明星，都來這玩，小豬也來了。

　　這不是好萊塢明星嗎？還有日本天后，哇！都是大牌，都來 S 俱樂部玩跳傘……。

　　瑪麗告知琳達，午餐已準備好了……。

　　各位貴賓，午餐已經都準備好了，請到餐廳用餐，已經跳完傘的人可以先去享用，還未跳的，跳傘完後再吃……。

　　陸董、陸媽媽，請用餐，好，一起用餐……。

娜娜，妳不先吃嗎？我來招呼團員跳完傘後再來吃，雅雅快去吃。

丁秘書上傳直播的影片，好多人來留言⋯⋯。

所有人都跳完了，娜娜坐這快來吃，琳達宣佈著，已經跳完的，吃完飯的人先休息一下，等一下會出發去坐船。

瑪麗老闆大方的拿了三十件 S 跳傘俱樂部 T 恤送給娜娜。娜娜，這三十件衣服送妳，妳來安排，謝謝老闆瑪麗，娜娜拿一件給雅雅，自己也留下一件，剩下二十八件。陸董，這二十八件 T 恤，就由您安排了，這衣服質料不錯，全棉的，這二十八件衣服可以作為員工福利，最後一天在夏威夷的晚餐時，再來抽獎送出去好了⋯⋯。

各位，親愛的團員，我們出發去坐船⋯⋯。

瑪麗告訴琳達、娜娜，希望大家一起拍個照留念，要貼在門口。

　　謝謝琳達、娜娜，瑪麗一一擁抱著大家，謝謝妳們，下次見了，有空再來 S 跳傘俱樂部來找我，阿囉哈！琳達，阿囉哈！娜娜……。

　　團員坐在愛之船上……。

　　這裡是世界著名的夏威夷落霞。大家正吃著豐盛晚餐，看著夏威夷女郎跳著熱情的玻里尼西亞舞蹈，愛之船的船主所提供的食物，以烤牛肉、烤魚、海鮮為主，彈著烏克麗麗的樂手，一頭金頭髮的外國人，正唱著一首發音不太標準的歌曲〈朋友〉，團員們也大聲唱了起來，喝著啤酒，看著威基基夜景，吹著海風……。

夏威夷的第六天……

阿囉哈！大家早，現在上午的行程是前往歐胡島的東部。去海洋生物主題公園，與海豚一起戲水，觀看精彩的海洋動物表演，餵海龜及海豚，在海洋公園與海豚游泳及浮潛，最受歡光客歡迎……。

雅雅、丁秘書穿著比基尼泳裝，與海豚近距離互動著，其他人也下水浮潛看魚，一部份的人在商店購買紀念品。娜娜與陸董、陸媽媽喝著飲料，聊著天，時間真是快，已在夏威夷第六天。夏威夷真是好地方，天天吃美食，看威基基海灘，天天天藍空氣又乾淨，這種生活真是優閒，生活上沒有壓力的悠閒過日子，身心靈都會有很大的提升與改變。

娜娜心想，有錢的人一直在想辦法追求著身心靈的提升，而像我們這種家無田產、無背景的上班族小資

女，每個月追求的只是有沒有加薪，畢竟金錢才是提升生活品質的最大來源，需要有足夠的錢，才能夠來這麼漂亮的世界第一度假勝地夏威夷玩……。

琳達宣佈著下個行程：下午會去坐火奴魯魯之星號觀賞船，明天一整天都是自由活動，大家可以自己去逛街血拚購物吃美食，在威基基海灘附近全部都是商店及餐廳，明天早上十一點退房，我們到另一家飯店：哈利庫拉尼酒店住宿，所以今晚大家可以準備收拾行李，明天早上退房。

明天一天自由行，娜娜，妳可以帶志祥到處走走看看，陸媽媽建議著。明天有一天的時間，我也可以考察夏威夷女性化妝品市場，娜娜，妳明天陪我去，好，志祥，陸媽媽明天也一起逛街，我老人家就不去了，待在房間休息就好，妳們年輕人去……。

夏威夷第七天……

一早所有團員拖著行李，上車前往下一個住宿地點哈利庫拉尼酒店，是夏威夷高檔的酒店，住一晚非常不便宜，陸董真是大手筆，對員工真是大方。琳達大聲宣佈著，各位，入住房間後，大家就可以到處去玩，逛街買東西了，明天第八天的行程是上午早上九點大家在飯店門口集合，要去恐龍灣浮潛，下午市區自由行逛街、吃東西、買東西……。

晚餐在酒店餐廳用餐，陸董安排了員工抽獎活動……。

六點半請各位在一號餐廳入座，已經包場，大家隨便坐……。

娜娜，三十分鐘之後，請一樓大堂集合，好的，陸董……。

穿著 S 俱樂部 T 恤、短褲、腳穿人字托，一身休閒裝扮的娜娜早已在一樓等待，志祥……喔！穿得好輕鬆的打扮，來這個度假勝地，就是應該這樣穿，走吧！到處走走，昨天有問了一下琳達，她建議可以去威基基購物廣場、卡哈拉商城、沃德購物中心、皇家夏威夷中心看一看，女性遊客特別多，對化妝品公司考察項目會有幫助……。

　　倆人來到了威基基購物廣場。志祥你公司都是銷售什麼產品？公司目前出品口紅、洗面乳、美白霜，現在準備做新品牌，推出面膜，我想在夏威夷設點開店，但是到現在面膜的品牌名字還沒有想出來。面膜的市場很大，同行彼此也很競爭，當面膜產品業者都一致表示，自己的產品成份是高品質的同時，品牌的知名度是非常

重要的，行銷最重要，許多的好商品，如果沒有透過長時間的打品牌做行銷，品牌知名度與業績是上不來的。在化妝品市場，如何與其他競爭對手有所區隔，如何提升品牌知名度，是我這個董事長天天都在想的事情，員工們做為第一線人員，與消費者最直接，貫徹執行力非常重要……。

當老闆真是不容易，志祥辛苦了……。

志祥，你等我一下……。

娜娜跑去商店買了兩支巧克力霜淇淋回來。給你，吃完冰淇淋比較有靈感，想出好點子來。娜娜，妳肚子餓不餓，要不要先去吃午餐，吃完再繼續逛，去前面的炸豬排餐廳 kimukatsu 吃飯好了，走……。倆人吃著炸豬排，那陸媽媽吃什麼？我已經安排了，交待酒店送餐

到房間給媽媽用。……吃完後去卡拉哈商城看看，考察市場。

　　倆人飯後走著走著來到卡哈拉商城，沿途商店街、廣告刊物、旅遊雜誌隨處可見同樣的一位模特兒。怎麼都是這個女生？連大型廣告看板都是！這個小女生應該很有名氣，都是她的雜誌封面，娜娜看著這本七彩夏威夷旅遊雜誌：《Pleasant Hawaii》，都是同樣這位女生，很漂亮的模特兒，她到底是誰？……。

　　娜娜，我還要準備買禮物，明天晚上全體員工抽獎用，不能只抽二十八件 T 恤，這樣員工會覺得我很小氣，也對，可是有一二〇位員工，扣掉你與陸媽媽就是一一八位，如果人人都有獎，包含我，就一二〇位了，你要人人有獎，還是幸運抽獎，只抽幸運者。

為了表現出我的大方，人人都要有獎品。

我們現在先去百貨公司買獎品……。

報告大方又大氣的志祥陸董，我們挑的員工抽獎用獎品如下：

夏威夷衫五件、卡西歐潛水手錶十五支、烏克麗麗五把、珍珠項鍊五條、LV 太陽眼鏡十付、豪斯特巧克力三十盒、香水十瓶、登山背包五個、比基尼泳裝五套、馬克杯十個、精工錶五支，好了……差不多了。志祥，這裡還不夠一二二份獎品，沒關係，沒有抽到的人都得到一百元美金好了，……哇！一百美金，一定很多人不想被抽到……，因為拿到一百元美金比較實際……。

對面的街道上不是妳同事雅雅嗎？對，還真是，穿得真大膽，迷你裙加上比基尼上衣，都露出半個球了，

怎麼與一位金髮外國人手牽著手，親密逛街，還在大街上擁吻……，娜娜心想，這個雅雅一定是春心開始發作了，找外國人一夜情，先偷拍個相片，再來問她好了……。

娜娜妳同事厲害喔！才來夏威夷沒幾天，就有艷遇了……。

娜娜傻笑著……，還是作風大膽的豪放女雅雅厲害，哪像我什麼都不敢，到現在還是一個人……。

倆人大包小包的回到了哈利庫拉尼酒店……。

志祥，獎品都放在我房間好了。我整理一下，貼上號碼牌，準備抽獎箱，明天晚上晚宴現場抽獎用，好，我等一下拿 S 俱樂部 T 恤二十八件衣服給妳，妳弄好後，六點半下來二樓餐廳，與我媽媽，我們三人一起吃晚餐……。

OK、志祥……。

夏威夷的第八天行程……

早上九點一到，女生團員們一身清涼的打扮紛紛出現，許多人穿著在夏威夷買的新衣服、新短裙，戴著太陽眼鏡排隊上了車……。

現在前往恐龍灣去浮潛、潛水……，中午會回來酒店用餐，下午市區自由行程，晚上六點半全體團員請到三樓的自助海鮮餐廳入坐用餐，已包場了，舉行公司抽獎活動……。

由我琳達與娜娜共同主持……，預祝各位能夠抽中大獎。

前面恐龍灣到了，請下車。娜娜，我先去入口處拿

門票，妳安排大家到入口處與我碰面，我在入口處等大家，好的，琳達姐。現場大家一人一張票，開始入園……，我們所有人集中在前面這一個區域，比較不會走散，需要蛙鏡的，現在跟我來拿蛙鏡，大家可以去玩水了……，一身穿得超性感、超短的比基尼的雅雅，迫不及待等不及的衝向海邊……，旁邊游泳的幾個洋男，上下打量著雅雅的身材……，娜娜看著雅雅，桃花女又不知道要電死多少外國人了……。

琳達告訴所有人，千萬不可以亂丟垃圾，更禁止吸菸，恐龍灣內有數百種各式魚類，海水清澈，沙灘漂亮乾淨，就是因為遊客們非常自重守秩序，所以大家一定要遵守這裡的規定……。

到了晚宴現場，提早到的兩個人，娜娜與琳達正忙

著擺放各式抽獎獎品……，抽獎號碼牌在入口處，大家進場時，每人抽一個號碼……，娜娜，這裡的獎品不到一二二份，陸董說現場沒有抽到的會發一百元美金，我們也可以抽嗎？可以，六點二十分我們就要到入口處，安排大家簽名領號碼球……。

六點三十分一到，大家進來入座用晚餐，排隊抽球進場，陸董、陸媽媽，阿囉哈！也要抽球。

最後剩下二個球，娜娜八號球，琳達三十六號球，大家先用餐，抽獎等一下馬上開始……。

琳達與娜娜當抽獎活動主持人，上了舞台，宣佈活動正式開始……。

首先請陸董上台說話。各位親愛的同事們，我想大家的心情應該是與我一樣的，夏威夷真是太好玩了，對不對？真是玩得太開心了，美食又如此好吃，我想大家

在這八天當中應該增胖了不少，……謝謝夏威夷歡樂旅行社方總、玩美旅行社娜娜，這些天專業的照顧著我們一二〇位遊客，請大家全體起立，為兩位鼓掌表達感謝！

大家一邊吃飯，一邊仔細看，會不會抽獎抽到妳……。

我宣佈抽獎開始……

娜娜首先歡迎公司創辦人陸媽媽上台抽獎。

現在抽 LV 太陽眼鏡十付……

一、九、二十、五十五……

抽中號碼的得獎者請上台領獎，哇！LV，不便宜，太棒了，抽中了，接下來請陸董抽獎，抽比基尼泳裝五套。

五十七、八十九、一〇一、五、六十一，請上台領

阿囉哈！娜娜

獎。

雅雅抽中了比基尼，接下來卡西歐十五支……，其他獎品陸續有人抽中送出……，現場沒有抽中獎品的人請起立。

陸董，怎麼辦？有更多的人是沒有拿到獎品的，娜娜主持人，妳說怎麼辦？我與另一位主持人琳達姐都沒抽中任何獎品，連馬克杯、巧克力都沒中，每個人送一百元美金可以嗎？既然主持人娜娜都開口了，就送一百元美金，全場歡聲雷動，太棒了，此時抽中巧克力、馬克杯的，應該笑不太出來……，安可安可，許多人要求陸董再送大獎……，陸董上台宣佈，再送一個大獎。

這個抽獎箱共有一二二個號碼球，這樣好了，被我抽中的這一個人，我送夏威夷九天七夜來回機票，含高

檔住宿及遊玩行程，可以嗎？方總，這樣的話，大約價值多少錢？

大約二十萬左右，OK，就送這個旅遊大獎，現場轟動員工大聲叫好，全體站了起來，現場活動進入了最高潮，看著自己的號碼球，齊聲大叫喊著：選我、選我、選我……，大家都叫著自己的號碼。

這一二二個球，會抽中幾號呢？

陸董被矇著眼，用手攪動著箱內的號碼球……。

抽出了八號球！八號、八號……得獎者是誰？

第一時間現場鴉雀無聲，怎麼沒人領獎？眾人齊喊重抽重抽，這時娜娜拿出口袋中的八號球，哇！沒想到是我，我得獎了！恭禧，娜娜，妳中了大獎。現場攝影組記錄拍攝著團員們的活動花絮，幾家歡樂幾家愁，每

個人都有獎……，陸董指示大家舉杯向身旁的人敬一杯，謝謝這一年來員工們彼此的支持與照顧，給彼此一個熱情的擁抱，許多人現場感動得流下眼淚，大家有緣成為同事已不簡單，又相聚在夏威夷玩更是不容易。台下的員工整齊的向陸董敬酒，謝謝老闆，陸董並宣佈明年員工旅遊再來夏威夷玩，……員工大聲歡呼，太棒了……。

琳達告知各位團員，明天早上十點退房，出發去機場，現在大家可以回房間開始整理自己的行李，明天早上十點正一樓大堂集合……。

陸董再次謝謝琳達與娜娜這些天的照顧，便扶著媽媽回到了房間。

琳達也回去了公司……

娜娜因為得到了夏威夷九天七夜的大獎而開心得睡不著，一個人來到威基基海灘，坐在沙灘上看著海……。

　　明天就要回去了，這九天七夜夏威夷之旅，會不會太快了？

　　就要結束回家了，真想在這裡工作，住在夏威夷多好……

　　吹著海風，看著沙灘上大多是一對一對的情侶，正在彼此擁吻著，不好意思的娜娜急忙起身，走回酒店，回去整理行李。

　　一大早全身導遊裝扮的娜娜，已在一樓大堂等候大家。

　　阿囉哈！娜娜，早。琳達姐，娜娜，妳看什麼時候

　　　　　　　　　　　　　　　阿囉哈！娜娜

再來夏威夷，妳抽中了九天七夜大獎，昨天晚上陸董已指示丁秘書，一次性付了二十萬給我了，看妳什麼時候要來玩，告訴我，我來安排，好的，謝謝，琳達姐。琳達姐，這個禮物送給您。

LV 太陽眼鏡！送這麼好的禮物給我喔！我身上的這支眼鏡，還是琳達姐送的呢！不錯，適合我現在的年齡，真好看。

團員們陸續到了一樓大堂，一下子一二〇位團員都集合完畢，已經退房的可以上車了……。

坐在車內的同事，看著夏威夷的街道及風景，想必是有多麼的不捨，抽中手錶的團員已經戴起了戰利品。

車子高速的行駛在道路上，不一會就到了機場，大家拿起了自己的行李。琳達及公司導遊辦理所有人的登機證及行李托運，現場發登機證及護照。每一位團員拿

著自己的登機證，全體拍了一張大合照留作紀念，琳達
目送著每一位團員進去，娜娜與琳達互道彼此珍重再
見。琳達姐，我很快就會來找妳了，等妳來，阿囉哈！
娜娜⋯⋯。

　　娜娜與雅雅坐在一起。雅雅妳抽中比基尼對吧！
對，一套的，粉紅色，哪像妳這麼好命，運氣真好，抽
中夏威夷旅行價值二十萬元，還是令人羨慕的高檔行
程。

　　雅雅在夏威夷有沒有什麼豔遇？沒有⋯⋯沒有嗎？
確定沒有？我想要有，但沒有⋯⋯，少來，妳別裝了，
娜娜拿出手機秀出相片，那這個是什麼？長得這麼帥的
外國人，還擁抱親吻，雅雅看了大叫，妳怎麼拍得這麼
清楚，老實說，不然把相片上傳公司的群組⋯⋯他叫愛

德華，是威基基海灘旁一家衝浪板店的老闆。他的店有賣比基尼，我去買泳衣時認識的，當晚，他下班後，就來飯店找我了，不止一夜情，雅雅算著自己的手指，五夜情了。妳這個騷女人，我真佩服妳，去什麼地方就桃花一堆，男生主動上門，快刪了，刪了，娜娜求妳了，快把相片刪了，被公司同事看見了不好。娜娜心想，雅雅應該是怕被羅經理發現吧！娜娜刪掉吧！求妳，我請妳吃十天的午餐，十天，不然一個月好了。

手機給妳，自己刪吧！雅雅拿起手機，趕快刪除掉相片。

開心吧！刪掉了，我要來睡覺了，還要飛八個小時才會到……。

雅雅看著電影，娜娜早已累得睡了起來……，經過

了漫長的飛行，終於快到了，娜娜餓醒了，正在吃著飛機餐，雅雅毛毯蓋著頭正睡著，經過長途的飛行，終於要到了……。

落地了，飛機緩慢的滑行，娜娜通知已在外面等待的遊覽車司機，以及公司的接機人員……。

娜娜，陸董、陸媽媽，先離開了，娜娜找時間再來我公司找我，好的，再見，再見……。

娜娜，公司羅經理說，我們兩個明天不用進公司上班，剛回來，要調一下時差，後天再來公司上班就好。太好了，可以不用上班專心的在家休息一天了……，娜娜我先走，朋友來接了，哇！又是什麼男的來接機了，看起來五十歲的大叔，開著賓士來接雅雅，真佩服雅雅控制男人的能力，有才華，娜娜與其他團員坐著遊覽車，回到了市區……。

娜娜拖著行李，回到了家裡。進了浴室，放了洗澡水，準備來泡澡舒服一下，打開行李箱，拿出該洗的衣物，看了在夏威夷拍的相片，傳到 IG 及 FB 上，才兩分鐘，已有很多人留言，想報名去夏威夷玩了……。

　　一絲不掛躺在浴缸中，享受著泡泡澡的娜娜，回想這九天的夏威夷之旅，以及中了高檔行程的旅遊大獎，現在想起來就像是作夢一般……。

　　娜娜趁著難得一天的假期，想起了在夏威夷，志祥說的新面膜品牌，到現在還不知道要如何做行銷，品牌名字還沒想出來……。

　　娜娜騎著機車來到淡水海邊的咖啡店，拿起了筆記本，看著海，思考著品牌怎麼做？喝著咖啡，吃著蛋糕，一直想著……。

對了！每一個女生都愛漂亮，為什麼愛漂亮，因為除了自己愛美以外，更重要的是如何吸引異性目光，每個女生都認為自己是最美的人，而花了大把金錢固定每個月買面膜，讓自己變得更美，我想到品牌的名字了！美人專用面膜，「美人膜」越用越美，這個面膜品牌名字不錯，可以用，推向市場應該不錯，與愛美女生會有共鳴。

　　接下來再來找形象符合的明星來代言產品……，這個點子我想應該可以用，找時間去公司找志祥，把這個點子趕快告訴他，「美人膜」美人專用面膜……。太棒了，真佩服自己，會不會太不謙虛了……，廣告代言人要找誰？蔡依林、林志玲、孫儷，還是小 S，黃曉明的老婆 Baby 形象也不錯，還是周董的老婆？再想一想，誰適合當「美人膜」廣告代言人？

老闆，拿鐵咖啡再來一杯，黑森林蛋糕再來一塊，熱的，不要冰的咖啡……。

　　熱咖啡比較能提神……。

　　和往常上班時一樣很早就來公司上班的娜娜，坐在位子上，正在核算這次夏威夷旅遊項目的結案資料，導遊部及業務部同事陸續進來上班。娜娜帶了十盒夏威夷巧克力分送給公司兩個部門同事吃，羅經理也進來公司。娜娜回來了，經理早，請同事吃巧克力。這次夏威夷之行應該玩得很開心吧！還行，工作順利服務客人，文雅來上班了沒，還沒到，到了叫她進來辦公室找我，好的經埋。弄完了結案資料後，娜娜開始打電話拜訪客戶。雅雅……經理找妳，好。

雅雅進了辦公室，門一關起來，羅文一把抱住了雅雅親了起來，好久不見妳了。經理別猴急，等下班後再說，在公司不好，被看見，被聽見，對我們倆人都會有影響的。這次的夏威夷之旅，娜娜做得很順利，陸氏企業的款已全部收到了，這次可以賺不少錢。

　　這二十萬元給妳，雅雅，錢收好，晚上十點，我在酒店房間等妳過來，先親一個，妳去上班吧！

　　娜娜看著雅雅，原本空手進門，怎麼出來手上多了一個牛皮紙袋？該不會是錢吧！反正不會是情書，為什麼羅文要給雅雅錢？他包養她嗎？還是她向他借錢？該不會是這次夏威夷之旅導遊的獎金，我怎麼沒有……業務還是我找來的，公司這次賺死了，一人多賺一萬元就好，一二〇人就有一百二十萬了，而且這是豪華團，可能賺更多……。娜娜進來，羅文叫了娜娜進辦公室。

經理，娜娜，妳這次做得很好，夏威夷團帶得很好。

羅文拿出了信封，這個獎金給妳，太好了，我有獎金了……。

下個月的房租有著落了，謝謝經理，娜娜拿著信封，想著剛剛雅雅手上的牛皮紙袋，兩者相差很多，羅文你給我來這一套？娜娜，妳要喝咖啡還是茶？喝咖啡好了，娜娜趁著羅文背對著在沖咖啡時，看了桌上的筆記本一眼，瞄到夏威夷項目，雅雅獎金二十萬元……，娜娜故作鎮靜，二十萬，真的很敢給，這是我帶來的項目，我拿在手上信封裡不就大約是五萬元，差這麼多，就因為雅雅是羅文的小三……所以特別的照顧，一下子給了二十萬元，那羅文不就 A 更多錢了，難道總公司不會發現嗎？會計部也有羅文的人，雅雅也是羅文的人，真要 A 公司的錢，應該會很容易吧！

咖啡好了，給妳，娜娜，加油！再繼續跑業務，我看好妳，好好幹，給妳加薪，我先出去上班了，娜娜心想這句話我已聽了一百多次了，聽不下去了，娜娜把錢信封放入了包包裡。

　　到了中午吃飯時間，走，娜娜，請妳吃午飯，對喔！雅雅欠我一個月的封口飯，這免費的午餐不吃白不吃，去給她吃個夠本，吃最貴的。好！走，去吃日本料理……。

　　忙了一天的工作，回到家的娜娜，打開冰箱拿出裡面的菜，簡單的炒了兩道菜，自己做飯吃。拿出了包包裡的信封，打開一看，當場傻眼，根本就是在欺侮人，當我是吃素的？雖然我初一、十五吃素食，也不能這樣欺侮一位吃素的人啊！每一張都是一百元，共五十張，

所以是五千元獎金……。

　天呀！這也太摳了，難道是我不會吵著要糖吃嗎？

　當我是三歲小孩啊！娜娜氣得大口吃著飯菜，真是心寒，我想月底離職好了，既然做得這麼不開心，大不了不幹了，幹嘛受這個氣呢？

　明天去找志祥聊面膜好了，現在就打電話約見面，娜娜拿起手機打了過去。喂……是志祥嗎？是娜娜喔！我與我媽媽現在正談起妳，妳就來電話了，真是巧，妳找我有事嗎？我們在夏威夷考察面膜市場時，我已經想到面膜的品牌了，明天我過來公司找你聊。太好了，娜娜妳想到了什麼好點子？明天早上十點，妳來公司找我，我們明天現場聊，OK，志祥明天見……。

　隔日一早，娜娜一進公司，先打了卡就離開，騎著

機車提早到達陸氏公司。一下子太早到，還有二十分鐘才十點，娜娜妳來找陸董，陸董有交待，我先帶妳去會議室，老闆有訪客正在開會，阿美，妳在夏威夷抽中的是什麼獎品啊？我抽中的是這一支精工錶，還不錯，我上網查了一下價錢，這一支要六千多元呢！妳先在這等一下，桌上的飲料自己拿別客氣，謝謝阿美……。

娜娜看著手上的手錶十點十分了志祥還沒來，應該在忙吧！已喝了二瓶咖啡的娜娜，正想開第三瓶來喝時，會議室的門打開了，是志祥……，差一點脫口而出叫志祥，旁邊還站著丁秘書。

陸董好，阿囉哈！娜娜。

陸董指示丁秘書先出去忙……。

會議室剩下倆人，陸董與娜娜像朋友般的聊了起來

阿囉哈！娜娜

……。

志祥，我想到了面膜品牌的名字，給你參考看能不能用。

面膜的市場很大，是女生天天必用的商品，市場上各品牌眾多，如何與其他品牌有所區分，行銷如何執行，現在的女生，每一位都是超級愛美的，所以建議品牌是：美人專用面膜，「美人膜」越用越美，桃花朵朵開……。

娜娜，妳這個點子太棒了！「美人膜」這個品牌名稱，一定會打動所有愛美女生，用了就會越來越美，不用「美人膜」根本就不算是美人，這個太有創意，還有志祥，在男性消費者部份……。

你想要你的另一半換一張臉，越來越美嗎？就用美人專用「美人膜」面膜。娜娜，妳真有才華，這個品牌

面膜，我想要打進美國市場，在夏威夷考察到，全球世界的觀光客都來到夏威夷遊玩，購買各式商品，女性也會在夏威夷購買女性化妝品類商品。在夏威夷玩水、觀光的女性顧客，更應該需要天天使用面膜，美容自己漂亮的臉，我準備在夏威夷設立辦事處，代言人建議可找小S，或Baby，或昆凌，這個美人膜，要先打夏威夷市場，夏威夷……夏威夷……。

娜娜突然想起了，在夏威夷很紅的那位模特兒，在夏威夷所有化妝品雜誌、封面都是她，對喔！雜誌還放在我的背包內。

找到了！可以用她當代言人，就是她，夏威夷最紅的模特兒。志祥翻看了雜誌，仔細看了裡面的化妝品內容介紹，可以，決定了！就用這位女生當美人膜廣告代言人，定位清楚，年輕漂亮，年輕愛美女生專用面膜

……。

那這位女模要怎麼找到她？我打算下個月去夏威夷，到時候可以找人面比較熟的夏威夷通琳達姐幫忙找。

娜娜，妳不用上班？又要去夏威夷？我預計做到月底不做了。

啊！妳不做了，不是才剛回來，怎麼突然不做了……。

經不住志祥的一再追問，娜娜說出了原因，做得不是很開心。在外租房子的我，就靠著微薄薪水收入過生活，本來還想說，這次圓滿順利完成夏威夷行程項目，公司會發放高額獎金給我，結果……，只給了五千元，另外一位同事文雅卻收到二十萬元，這個項目還是我帶進公司的，主管賞罰不公平，我打算明天就遞辭職信

……。

　　妳公司主管只發獎金五千元？非常小氣，真是太少了，這次的項目，因為家母的推薦，而指示娜娜來做，妳公司的夏威夷報價，其實比市場價，每個人都多出了一萬多元，想說沒關係，多付一點錢，妳會得到更多的獎金。

　　結果才領到五千元，真是摳門公司。

　　這樣子好了，娜娜。

　　我的公司請妳當行銷顧問，每個月薪水五萬元，不用天天上班，妳下個月去夏威夷洽談美人膜廣告代言人，所有費用由公司支付，並且可以領取五萬元出差費用。

　　妳可以勝任嗎？

　　我……可以，志祥，謝謝你找我，在夏威夷我不是

抽中夏威夷大獎嗎，用這個去夏威夷就好，不用再另外花錢了。

　　娜娜，這個「美人膜」品牌，太棒了，我相信一推出，一定會受到愛美女生們的歡迎！

　　中午了，娜娜，帶妳去吃午餐，你不忙嗎？志祥。

　　中午總要吃飯的，走，帶妳去吃好吃的……。

　　等一下，我交待個事情，丁秘書請進來辦公室。

　　陸董，丁秘書，即刻起李娜娜成為公司行銷顧問，佈達下去各部門，並印製名片，是的，陸董，丁秘書妳去吃飯吧！

　　走，……娜娜我們吃飯去…。

　　娜娜開心想著：下個月去夏威夷出差兼遊玩，真好，這工作太棒了，又有錢可以拿，下個月進帳十萬元。

明天進公司馬上遞辭呈走人，不要再受氣了……。

正在寫辭職信的娜娜……。

拿著辭職信進入了羅文辦公室。經理這是我的辭職信，我不做了，做到月底，羅文看著信的內容，妳什麼原因不想做了。

娜娜心想，又不能大聲說，因為你只給我獎金五千元，而卻給沒在做事的雅雅二十萬元，太不公平了，老娘不爽不幹了。你有小三雅雅，雅雅在夏威夷有小王的事，守口如瓶的我，都一直保守秘密沒有說出去，夏威夷行程公司最少賺了二百萬以上，我卻只得到五千元獎金，連房租都付不上，真是令我感到心寒……。

什麼原因不做了，羅文再次詢問娜娜。

太累了，想休息，這個藉口是離職者通用的語言，娜娜回答著。

妳確定不做了？我確定了！娜娜，妳確定要離開公司？

羅文收下了離職信，現場馬上簽了字，交待了公司人事室，辦理娜娜離職手續。當公司同事知道娜娜要離職後，全體同事也不再搭理她，雅雅也不再請她吃午餐，不再與她談話，這時娜娜總算明白了什麼叫做人走茶涼的道理。在這個辦公室，我熱心自動自發的幫助很多人，向我借錢的人到現在還沒還我錢呢，常常買一堆零食，請大家喝下午茶，得到一句真心的謝謝都沒有，難怪當爛好人通常沒有什麼好下場，面對這種無情的公司及同事，趕快離職還是比較好……。

就這樣，娜娜硬撐著天天上班沒人對話，沒人搭理她的日子，沒有人為她舉行離職歡送會，一直上班到最後一天，默默的離開公司……。

離開玩美旅行社的娜娜，在家整理房間。整理了一天，突然手機響了，是志祥，喂，娜娜，在幹嘛？我在家正在洗衣服，等一下我請妳吃晚餐，談一談面膜的事，好的，約在一○一義大利餐廳見，七點，OK，見面聊……。

　　娜娜一身漂亮的洋裝，來到了一○一，志祥揮手示意，紳士般的拉開椅子，娜娜入坐，服務員，可以上菜了。

　　倆人專心吃著美食，不發一語，主餐吃完，接著咖啡、甜點上來後，志祥開口了，娜娜，現在妳的工作怎麼樣了？

　　我昨天上班最後一天，已經離職了，哈哈哈！現在是無業遊民。

娜娜，妳現在開始是陸氏公司的行銷顧問，這兩盒名片給妳。

　　名片印好了，這麼快，妳什麼時候要去夏威夷洽談代言人的事，找那位不知名的名模？我晚一點會與夏威夷琳達姐聯絡，我預計下周日就飛去夏威夷。娜娜，包裝「美人膜」商標，公司法務已在處理註冊下來，整個品牌文宣已按照上次妳說的方式，正在製作設計中。面膜生產也準備要開始進行，代言人簽下來確定後，會把頭像放在面膜上，並會在夏威夷人潮最多的歐胡島花錢下廣告……。

　　如果妳確定下周日去，我就晚兩天與妳在夏威夷碰面，或許也可以現場把那位名模簽下來。

　　可以，志祥，等我晚一點與琳達姐聯絡後告訴你。

　　這一次去夏威夷還會去看新辦公室的地點及銷售

點，開一家「美人膜」面膜專賣店，到時候我們一起去選地點。娜娜，歡迎加入陸氏公司，謝謝老闆，如果我表現不好，請多多指教喔！目前為止，妳的表現真是太好了，現在就等代言人定下來後，美人膜就正式生產了，祝我們的合作順利成功，乾杯。祝娜娜接下來工作順利，有志祥你的支持，我想我應該會很順利的……。

回到家的娜娜與琳達通了電話……。

琳達姐，阿囉哈，娜娜，一切可好，很想念大家。琳達姐，我預計下周日去夏威夷，請您幫我安排行程，陸氏集團陸董也會在下下周二來夏威夷與我會合。明白，兩位行程我來安排，安排好後，會馬上通知娜娜，那就麻煩琳達姐了，我們就在夏威夷見面囉！前天瑪麗才一直在說妳，妳帶了一二○位客人來跳傘，她一直想

找妳吃飯，謝謝妳，我告訴她妳要來，她一定非常開心的。我這次去再跳一次傘，我陪妳一起去跳。

OK，琳達姐，夏威夷見，阿囉哈！

志祥，確定了，我下周日中午出發去夏威夷，會待九天，你的行程琳達會安排，好，我請丁秘書與琳達聯絡，娜娜，我們夏威夷見，妳周日去機場，我會交待丁秘書安排公司司機送妳去機場，不用啦！我坐機場捷運一下就到了，不行，妳是公司高級顧問，公司派車去妳家接妳，遵命，陸董事長⋯⋯。

娜娜，妳的夏威夷行程我都已經安排好了，琳達姐，明天妳中午十二點三十分去機場辦理登機，陸董的行程也安排好了，兩天後會到達，我安排了一棟別墅靠海的給妳住，五房三廳，我新買的別墅，妳們來住，就在威

基基海灘旁。太棒了，謝謝，琳達姐，因為妳們一下子來了一二〇位客人，我的公司賺了一筆錢，就把這一棟別墅買下來了，以後妳們來夏威夷不用去住酒店了，來這住，我家就是妳們家，我在夏威夷等妳們來喔！我會去接機，夏威夷見……。

正在打包行李的娜娜……

志祥打手機來……娜娜，明天要去夏威夷了，志祥，我正在準備行李，明天丁秘書會去妳家接妳去機場，謝謝！我們夏威夷見面聊。

一早丁秘書已在樓下等娜娜。丁秘書好，娜娜，這是陸董交待要給妳的零用金，在夏威夷可以用，娜娜收起這信封，不知道有多少錢？

　　　　　　　　　　　　　　　阿囉哈！娜娜

謝謝丁秘書，司機小王把行李放上車後，便直奔機場。

娜娜妳點子真好，想到「美人膜」品牌，現在公司已在籌備當中，一定會大賣的，時常一張樸克臉沒表情的丁秘書，此時卻像是得到威力彩八億獎金中獎般的快樂！一直在大笑，難道是志祥給她加薪了？通常員工突然開心大笑時，一定是被老闆加薪……。

機場到了……，謝謝丁秘書，再見。

行李托運後，拿了登機證，進去候機室，還有一小時，先去吃個漢堡再去買幾盒名產鳳梨酥，送給琳達姐及瑪麗姐……。

哇！最新款卡西歐潛水錶，老闆買這一支，時間幫我調快十分鐘，我現在馬上配戴……。

登機了，登機了，……空姐看著娜娜的登機牌，小

姐妳的座位在這，啊！不是經濟艙，是頭等艙，對，就這個位子。吼！真棒，坐頭等艙，琳達姐，真會安排，二十萬元的行程，果然是不太一樣，從來沒有吃過頭等艙的飛機餐，一定與經濟艙的差很多……。娜娜看著頭等艙的客人，都是清一色的大叔，電視上偶像劇不是經常播這樣的劇情，許多女生出國的豔遇，都是在頭等艙開始的……。

飛機餐什麼時候會到，肚子好餓，飛機正在上升中……。

等、等、等……空姐站起來了，終於要送餐了，真期待……。

小姐，您看一下菜單，需要什麼？牛排好了，哇！光甜點就這麼多，還有水果，份數很大又精緻，看起來

真是好吃。小姐需要什麼飲料？紅酒、啤酒、果汁、茶，先來果汁好了，再給我一杯熱茶，坐在頭等艙吃著飛機餐，果然是不太一樣……。

　　吃飽喝足挑一部電影來看，還有八小時的飛行，娜娜感到有點無聊。看什麼電影比較不會想睡覺……，恐怖片《咒怨》，太恐怖了，不敢看，到時候嚇到大叫出來，影響他人，就不好意思了。要個花生米來吃好了，漂亮的空姐，麻煩給我幾包花生米，好的，請稍等，六包夠嗎？謝謝！

　　娜娜選了一部周星馳的電影《美人魚》來看，戴上耳機，專心看著這部環保議題的電影。人類因為自身的利益，犧牲動物的生存空間，人生在世，弱肉強食的社會，只有自己夠強大，才能避免被欺侮。這個美人魚造型不錯，可以用在美人膜廣告代言人上，用美人魚造型

來宣傳品牌，連美人魚都愛用美人膜⋯⋯。

　　要多想幾種品牌行銷方式，等志祥來夏威夷時，再一起來開會討論⋯⋯。

　　空姐正在發送夏威夷風味巧克力，裡面有夏威夷豆的巧克力，上次來夏威夷有吃過。在頭等艙的客人每人一大盒，並廣播著即將到達夏威夷，喜愛甜食的娜娜，隨即拆開來，一下子品嚐了三大塊，比其他的巧克力真是好吃得太多了，風味絕佳，送禮自用很適合，到夏威夷後去買幾盒來吃。一位空姐突然又給了娜娜十幾包花生米，心想我又沒要⋯⋯小姐，我知道妳喜歡吃花生米，這十幾包花生米送妳。歡迎來到夏威夷，阿囉哈！服務真是好，阿囉哈！送我花生米，與我一樣漂亮的空姐，謝謝！

請各位旅客繫上安全帶，飛機已經在降落。娜娜看著窗外，真開心又來到了夏威夷，下面一片海，這是威基基海灘，還是恐龍灣……，這次來，要去威基基游泳，買一套新款比基尼，也不能一直泡海水，還不會游泳的我，應該要來學一下游泳。

　　娜娜看到了幾本新的雜誌，封面就是之前看上的那位模特兒，隨口問了一位金髮的外國空姐，請問妳知道這位封面上的女生是誰嗎？空姐看著雜誌，這位叫做Marllie，是現在最紅的名模，拍了很多的廣告，現在才二十歲，是夏威夷所有女生羨慕及模仿的偶像，更是男人愛慕的對象。前一陣子在夏威夷還發生一位當地老闆，組成法拉利車隊遊街示愛，並要贈送她一台紅色法拉利，只為了能夠與Marllie見上一面，這件事還上了CNN新聞，全球的人包括我，很多人都知道……。

哇！Marllie 比我想像中還要紅，新品牌美人膜面膜找她當代言人，還真是找對了……。

下機後的娜娜，正在等待著拿行李，先去電告知琳達姐我到了。琳達姐，我到了，正在等行李，好的，我等妳出來……。

遠遠就看到了我的黑色耐摔型行李箱，外觀貼滿了各式的貼紙，真好認，拖著行李出關，一出關就看見手拿大招牌，上面寫著：「阿囉哈！娜娜」幾個大字，琳達姐，好久不見。

娜娜，有沒有很想念夏威夷呢？真是太愛夏威夷了，琳達姐，這是送妳的台北名產鳳梨酥，謝謝！看起來真好吃。

　　　　　　　　　　　　阿囉哈！娜娜

我先送妳去酒店，瑪麗知道妳來了，非常高興，要請妳吃晚餐，這麼客氣喔！到了，這是我買的別墅，當自己家別客氣，娜娜，這是房匙，妳先回房間休息一下，房間自己挑，我等一下大約五點三十分開車過來接妳，好的，琳達姐，等一下見面……。

　　進了房間，到了陽台，前面就是威基基海灘。這別墅真美，琳達姐一定賺不少錢。看著手錶上的時間，現在才一點，下去逛街好了，娜娜換了短褲T恤就下去逛大街。看見了一家海鮮餐廳，肚子還有點餓，自助餐只要十五元美金，怎麼這麼便宜？去吃一下好了。中午吃飯時間，這家店怎麼沒什麼人來吃？歡迎光臨珍鮮海鮮，客人一位嗎？

　　請坐，娜娜付了十五元美金，便開始去拿海鮮來享

用。

　　看起來可以容納一百多位客人的店，現在中午用餐時間，來吃飯的卻不到十人，聽著老闆與電話那頭的誰，正在洽談客人來吃飯事宜，退佣金多少多少，對方應該是旅行社……這家店應該是專作旅行社團體客生意的海鮮自助餐店，吃著這些菜色，很好吃啊！菜色又多又新鮮，應該就是與旅行社退佣金的錢談不攏，所以生意才不是很好，旅行社如果抽佣金太高，餐廳就沒什麼利潤了，一人十五元美金，價錢便宜又合理，其他的店一般都在二十至三十元美金之間……。

　　這時老闆走了過來，詢問著是否好吃？娜娜好奇的關心著這家店。

　　老闆這家店收費十五元，海鮮好吃又新鮮，怎麼客

　　　　　　　　　　　　　　阿囉哈！娜娜

人不多，而其他店二十、三十元美金的店卻生意興隆？

老闆娘自我介紹叫湯美寶，來自台北。美寶老闆，我們是同鄉，我也是來自台北，我叫娜娜，剛剛才到夏威夷，這裡的海鮮自助餐店，大部份都是以團體客人為主，我的店菜色不比別人差，但是生意卻比其他海鮮店差，同樣的一百多道菜，我收十五元美金走平價路線，其他店收二十、三十元。旅行社導遊堅持要抽一人五元美金，才會帶客人來用餐，我一人十五元，扣掉五元，剩一人收費十元，這樣我會賠錢的，餐廳剛開不到三個月，到現在還在賠錢。我與娜娜同樣都來自台北，老公是上海人，是廚師，負責製作每天的午餐、晚餐，天天一大早就去漁港買新鮮的漁貨，只會做菜，話不多，而我負責前場，店裡目前有三位員工。

又不太懂宣傳，以前與旅行社合作，一人抽三元，

餐廳還有賺頭，薄利多銷，但是這個月開始，一次抽一人五元，我的店就沒錢賺了，所以不能合作，只能硬撐下去，今天妳剛到夏威夷來玩，下個月妳再來，這家店就不知道能不能撐到下一個月了。

娜娜，妳慢用。看著老闆美寶落寞的背影，站在門口拉客人，娜娜一陣心酸，同樣來自台北，離鄉背井來夏威夷打拚事業，娜娜想著，都是同鄉，雖然只有一面之緣，總要做些什麼？

離開了珍鮮海鮮，走在威基基海灘旁，比基尼一條街，對了，我要買比基尼，門口店員都是穿著比基尼在服務觀光客，難怪男生特別多，是來看比基尼美女，還是來買比基尼的？

這一家款式多，還有賣衝浪板，這是一家衝浪板店，

阿囉哈！娜娜

也賣著最新款式的比基尼泳裝，娜娜看了一套白色比基尼泳裝還不錯，但想到自己的私密處還沒修成比基尼線，白色的下水會不會太透明而曝光了，這不是太便宜了男生，根本就是造福廣大的男性同胞……。

買這套紅色的好了，九十九元美金，店員說這一套泳裝正在做促銷活動，還問娜娜會不會游泳。娜娜說不會，心想大部份女生都應該與我一樣，只是想穿著比基尼在海灘玩水、泡水而已，根本一點也不會游泳，女店員說，買這套泳裝，本店會送客人免費游泳課程三堂課，這不是剛好，我正想學游泳呢！

娜娜付了九十九元美元，並且報名了明天一大早七點鐘的游泳課程，拿著比基尼及三天的游泳課證件，又繼續去逛街了……。

買了一杯鳳梨汁花了三美金，這麼一小杯要三美

金，真是太好賺了，夏威夷遍地是黃金，高雄的鳳梨汁外銷來夏威夷會不會有人買？……，這時來了兩位外國男人，金髮的，來與娜娜交談，手裡拿著酒，一身酒味的問娜娜要不要與他們喝酒狂歡。

　　娜娜一下子馬上說NO，並請他們離開，否則報警。娜娜心裡知道一個人出門在外，打拚生活過日子，一定要強勢一點兒一點，否則非常容易被欺侮，把我當什麼了。找時間一定要去學空手道或拳擊、柔道之類的，學起來防身，娜娜大笑了三聲，彷彿想起了什麼似的。想到以前的一位大學同學就很好笑，為了想防身去學拳，結果跑去報名學拳擊，但是課程卻是拳擊有氧操，學了三個月，付了一萬多元，身高一七五公分的女同學，卻連身高一六五公分瘦小的男友也打不過，想一想就是好笑，我還是學泰拳好了，好像比較厲害……。

　　　　　　　　　　　　　　　阿囉哈！娜娜

先去考察一下化妝品市場，想知道有多少面膜品牌已進駐夏威夷？志祥是後天到達，娜娜看了幾家大型購物商場，這裡是市中心威基基海灘，一級市場戰區，人潮最多，面膜品牌有韓國、日本、美國的，還沒有看到華人品牌的面膜，這個市場可以做……。

　　娜娜買了市場上所有目前銷售的面膜，回去做市場分析。

　　回到了別墅，放下比基尼泳裝及面膜，還有一點時間，娜娜看了別墅一圈，五房，好大的房間。還有四個大房間，志祥來會睡在哪一間？如果晚上他來敲我房門，我是該開門還是鎖門呢？想太多了，他年輕多金，女友一定一堆，怎麼會喜歡我這種身材不錯，臉蛋漂亮，但身上沒什麼錢的上班小資女？娜娜妳認清現實一點，專心努力工作吧！

娜娜想起了丁秘書給了她一封信封，是志祥給的零用金，一拆開，吼，是美金，有多少？五千元美金，對我這麼大方，五千零用金，哪像上次帶一二〇位的獎金只有五千元，還是台幣。志祥對我真是太好了，是不是老天爺安排來我身邊保護我的，這五千元美金，夠我在台北生活好幾個月了，想起來真是辛酸。

　　逛街逛得滿身大汗，先洗個澡好了，看著窗外美景邊洗澡，換上短裙Ｔ恤，整理一下行李，看個電視，等琳達姐來接……。

　　到了五點半，琳達姐來了。琳達姐，娜娜，這房子不錯吧！

　　太棒了，別墅又在市中心，以後等我有錢了，我也要在旁邊買一間與琳達姐當鄰居。對對對，我們一起當

鄰居，我與妳特別有緣，走，去與瑪麗會合，娜娜上了琳達開的賓士吉普車 G55，不簡單，這一台可是所有男人的夢幻戰車⋯⋯。

又是特別改裝的，這一台要一千多萬吧！可以在台北市中心買一間小套房了⋯⋯。

倆人依約來到了一間泰國餐廳，店內不時傳出好似台語三碗豬腳的泰式問候語，阿囉哈！娜娜，好久不見了。

瑪麗姐，妳好啊！三人吃著酸辣魚泰式料理，彼此聊著近況，後天陸董也會來夏威夷，準備在夏威夷開一間化妝品專賣店，太好了，看大家可以如何合作。

面膜的名字我已經想好了，這次來還要找一位模特兒。一直看見一位女生上遍所有夏威夷雜誌封面，上次

來夏威夷時就發現了，已經在台北與陸董開過會，面膜廣告代言人就確定要找這個女生，這次來夏威夷，又一樣看見滿街上雜誌封面都是這個女生，說完，娜娜拿出背包裡的雜誌，妳們知道她是哪一家經紀公司的嗎？要去什麼公司才可以找到她？就是這一位漂亮又有氣質的女生，瑪麗拿著雜誌，大笑了起來……。

娜娜，妳要找她？對，找她當品牌廣告代言人。

她是我女兒 Marllie！她是妳女兒？琳達與娜娜驚訝著。

妳是東方臉孔，而她看起來就是一個美國人。

我老公就是美國人啊！我很早就來夏威夷了。

我還有一位大姐也在夏威夷，在許多家百貨公司裡開珠寶店，她很早就來了，當時我在台北唸育達商職，畢業後就來夏威夷與大姐一起做珠寶店，後來經由朋友

介紹，認識了 Marllie 她爸，三個月後就結婚了，生下 Marllie，開了 S 跳傘俱樂部。

喔！原來如此，難怪，我們三個人特別有緣，都是來自台北，乾杯！乾杯！敬我們三人的友誼，三個人喝著生啤酒，那……瑪麗姐，想問一下，Marllie 可以當代言人嗎？當然可以！我是經紀人，我說了算，Marllie 現在人在紐約拍廣告，三天後會回來夏威夷，到時候大家坐下來談，看看面膜廣告怎麼拍。

娜娜、琳達，妳們兩位明天要幹什麼？娜娜今天才剛到，明天我會帶娜娜到處走，妳們明天下午來我 S 跳傘俱樂部，不用錢，我請客，過來玩，下午兩點過來，好，明天我與娜娜都過來跳傘，娜娜端起酒杯，謝謝兩位姐姐的照顧了。

難得在這個異鄉城市遇見同樣來自台北的琳達與瑪

麗，娜娜格外珍惜這個緣份。有時候仔細想一想，在社會上，真正真心幫妳的人，不是天天見面熟悉的人，卻可能是剛認識只有數面之緣的陌生人，許多人從陌生變成熟悉……。

但卻有更多的人，從熟悉漸漸變成了陌生人……。

與琳達姐約了中午去珍鮮海鮮店找老闆美寶吃午餐，下午去瑪麗的俱樂部跳傘，而早上一大早要在威基基海灘穿比基尼學游泳，原來有這麼多身材這麼好，但臉蛋一般，愛穿比基尼的女生不會游泳，都是喜歡泡海水的。老師來了，各位同學好，我是紅白衝浪板店的老闆，我叫愛德華，謝謝大家來我店裡買比基尼泳裝，大家現場先加微信做朋友。愛德華？這位愛德華不就是之前雅雅的一夜情對象那個男的，難怪，看起來特別的眼

熟。

愛德華現場要大家女生們自我介紹，來自什麼城市，現場有東京、加州、多倫多、首爾、倫敦、北京、上海的，我是來自台北的，娜娜自我介紹著，愛德華走了過來，台北，上個月我才認識一位台北的女生。

娜娜心想，我當然知道，你認識，因為我也認識，第一次當狗仔偷拍相片，偷拍的就是你們⋯⋯。

娜娜，妳出列，當示範，愛德華先從娜娜開始教起⋯⋯。

真怕這個老外偷吃我豆腐，又摸手又摟腰的摸大腿。

大家拿著浮板下水，學游泳先學會閉氣，會閉氣就不怕水，接下來就像青蛙游泳一樣，手腳並用，應該就學成了，又來摸我腰了，這個色男。下課後，娜娜回到

別墅，洗澡換衣服，等琳達來接……。

在車上的娜娜告訴琳達，琳達姐，現在要去的店叫珍鮮自助海鮮店，是新開的，昨天我才認識的。老闆娘叫湯美寶，也是從台北來的，東西非常好吃，又便宜，一個人才十五元，這麼便宜，這應該是夏威夷最便宜了，但是生意不是很好，我想幫她，東西又新鮮又便宜，等一下吃看看，我們再想一下如何能幫助這位同鄉。幫助人很好，再來看如何幫忙，妳先不要說我是做什麼的。

美寶好，娜娜，歡迎歡迎，我帶了朋友來捧場。妳好，我叫美寶，妳好，我是方文媛，叫我琳達就可以了，娜娜付了三十元，請收下，謝謝捧場。我這裡有一百道

　　　　　　　　　　　　阿囉哈！娜娜

的菜色，請盡量用，娜娜，這家店菜色不錯，一百道菜，才只要十五元美金，中午用餐時間，客人不到二十人，現場看座位，最少可以一次同時坐兩百位客人，先吃一下，這裡的菜色如何？龍蝦、螃蟹、蝦子、壽司、炒麵、牛排、魚……，觀光客喜歡的菜色都有，好吃嗎？琳達姐？

應該怎麼幫，琳達姐是專家，昨天這位老闆美寶說，她剛開三個月，售價便宜是想走平價路線，一開始有與旅行社合作，本來一人十五元，給旅行社抽三元，但突然旅行社要抽一人五元，餐廳就剩十元了，一定會賠錢，所以無法合作。美寶說這個月如果做不起來，下個月這家店就會關門了，我想大家都是同鄉台北人，看我們可不可以幫助她度過難關。他老公是廚師，叫鄭和，那位戴廚師帽的就是，是上海人。娜娜，妳很善良，才

認識一天而已，就想幫助對方，妳真是一位心地善良的大好人，我有想法了，妳去請美寶過來坐。

美寶，我朋友琳達姐在這夏威夷有開一家旅行社，琳達拿了名片給美寶，我也是來自台北，我們三人都是來自台北，這麼巧，美寶看著名片，歡樂旅遊，我知道這家，在夏威夷很有名，專做華人團體客。

美寶，我的好妹妹娜娜，已把妳的事情告訴我了，這個月再做不起來，下個月就會收起來，倒閉了回台北，這麼好吃又便宜新鮮的店倒了很可惜。美寶，妳希望我怎麼幫妳，如果可以，可以帶一些客人來用餐，但是該付的佣金，沒辦法退佣到一人退五元，我不用錢幫妳。在這個社會上人人金錢至上，交朋友以錢為目的，而妳琳達，我認識妳不到三十分鐘，卻願意幫我，因為我們都是來自台北，在夏威夷打拚真不容易。

不行，不要錢，妳開旅遊公司做生意，就是需要賺錢，妳無償幫我，這樣妳來當消費客人就好，我不好意思接受妳的幫助。不然，這樣子好了，琳達說著，我公司一人抽一元美金，可以吧！

　　只抽一元美金，會不會太少了，以前旅行社是抽一人三元。

　　我抽一元就好，從明天開始，我公司的客人會安排來這裡用餐。

　　美寶半信半疑的說，好，謝謝琳達，謝謝娜娜。

　　差不多了，娜娜，我們要去找瑪麗了，再見，美寶，再見，娜娜、琳達……。

　　才一出店門，琳達馬上交待公司業務部林總經理，指示各分公司，從明天開始，行程用餐，一律要安排在

威基基的珍鮮自助餐海鮮店，消費是一人十五元，公司收抽退佣一人一元美金，所有業務人員、導遊人員，一律執行，凡在該店偷偷收取佣金者，一律開除。

公司福利是目前行業第一，不接受公司員工私下收佣，一切公司利益化，小林。是，董事長！我已與對方老闆湯美寶談好了，他也是台北人，幫幫她，她這家店如果這個月做不起來，下個月就倒下了，我給你對方電話，知道了，董事長，我現在馬上處理……。

琳達姐真是好人，是善良的好妹妹影響了我，要樂於助人。

小林，馬上召集公司主管，馬上安排明天開始去珍鮮用餐事宜，……不到一小時，排出了二十天在珍鮮用餐的午、晚餐人數，每天午、晚餐各大約一五〇位左右來用餐，那就是一天會有三百位客人來珍鮮消費。

小林辦好後，馬上去電話，聯絡珍鮮老闆美寶。

　　正在店門口找客人的美寶。喂，您好，請問是珍鮮老闆美寶嗎？請問您是？我是歡樂旅遊的總經理林超群，叫我小林就可以了，我也是從台北來的，剛剛董事長琳達已交待下來了，我已安排從明天開始連續二十天午、晚餐各一五〇人次，一天共三百人次會來珍鮮用餐，我現在馬上過來珍鮮餐廳與您碰面，會帶著合作合約，並支付訂金，我一小時後會到。

　　接到這通電話的美寶，早已哭得淚流滿面。在這個現實的社會，怎麼會有雪中送炭的人，願意幫助別人，而且還是陌生人，這位娜娜真是我的貴人。好的，感謝林總，更感謝琳達的幫助，我在店裡等您，小林。

小林馬上回報給琳達，報告目前的進度，在一旁的娜娜從琳達身上學習到什麼是執行力。

琳達的手機響了，是美寶，打電話來謝謝。

娜娜的微信也收到了美寶的感謝語。

而此時在店裡的美寶與上海老公鄭和倆人感動得落下眼淚，夫妻倆在門口等待著歡樂旅遊總經理小林的到來……。

珍鮮海鮮有救了，遇到貴人了，謝謝娜娜。

請問是美寶嗎？我是小林，歡迎、歡迎，請進。

請喝咖啡，這位是我老公，是上海人，叫鄭和，負責廚房，是主廚。小林你看一下菜單，店裡都維持著一百道以上菜色，水果、各式飲料都有，董事長琳達交待的我放心，您看一下合作合約書。二十天，午晚一天三

百人次，一人十五元餐費，退一元佣金，對吧？是的，我會陸續安排下去，先排這二十天，三百人×二十天＝六千人次×十四元＝捌萬四千元美金對吧！董事長有交待，這五萬元現金妳算一下，都還沒有開始用餐就先付錢，董事長交待，妳收下來，我知道是妳們想幫助我度過難關，真的很感謝。妳們拉了我們夫妻一把，美寶流著淚收下，這真的是來得及時的救命錢五萬元美金……。

娜娜，前面就是 S 俱樂部了，瑪麗就在前面。阿囉哈！娜娜，真想念妳，這次來待幾天，待九天，明天陸氏集團陸董也會來夏威夷，我已與我女兒 Marllie 說了，她 OK，等她回來，哇！還是有這麼多人來跳傘，對啊！妳看北京、上海、台北、東京、首爾、紐約……全世界

的各大城市，都有人來跳。

妳們也去準備，我找喬治來安排妳們。

跳完後帶妳們去吃烤肉，我請。

不行不行，我來請，來這白跳，等一下又白吃，這可不行……。

好，那就琳達來請，看妳要帶我們去吃什麼？等我跳傘的時候再來想，晚餐要吃什麼，分散一下注意力，跳下來時，才不會那麼恐怖，嗨！喬治，阿囉哈！娜娜，兩位請來這裡著裝，怎麼第二次跳還是這麼緊張，娜娜，妳多跳幾次就習慣了，不會怕的，……換妳們，加油！現在已開始拍影片了，會上傳 FB……。

腿軟的倆人，降落了。喝個果汁，等上面的遊客都跳下來後，送一下客人，我安排一下，我們就可以回市區了，這裡離威基基市區大約車程四十分鐘左右，想好

要吃什麼了嗎？我們去看夏威夷原住民跳火舞吃烤肉好了，帶娜娜吃原住民美食，OK，妳們兩個等我一下，我算一下帳……。

娜娜的微信響了，是愛德華來信，問明日早上會來學游泳嗎？娜娜回了一句：NO！……。

出發，三姊妹用餐去。瑪麗妳的車跟著我走，琳達帶路……。開了四十分鐘路程，來到一處社區。

這就是夏威夷原住民開的烤肉店，就在自己家，雖然沒有市中心裝潢漂亮，但我喜歡來原住民的家吃飯，也可以讓他們有一份收入，這就是農家樂，夏威夷式的，接下來，我會把這個旅遊行程排進去，他們也雕刻了很多的木製品，很多觀光客會買回去收藏。

未來希望由我公司來出資，設計成一條觀光街市集，推廣宣傳當地原住民文化，我公司的觀光團固定會有一站來這裡消費，這樣原住民就有一份觀光收入，這是村長，阿囉哈！大家好，謝謝琳達女士對社區的幫助，促進當地繁榮就業，大家敬琳達女士一杯，感謝對我們的支持與照顧。

鈴鈴鈴……，娜娜手機響了，是志祥……。

陸董來電話了，娜娜，我明天中午的飛機飛夏威夷。

我知道，我們會去接機的，我正與琳達姐、瑪麗姐吃著烤肉呢！陸董，明天等你來夏威夷，我都安排好了。

瑪麗姐說等你來 S 俱樂部跳傘，好，來跳傘。明天見。

我已經買了夏威夷目前市售的所有面膜廠牌回來考察，等你來夏威夷再來開會討論，OK，那祝妳們三位女士用餐愉快，阿囉哈！阿囉哈！

　　這一晚，三人聊到很多心事，娜娜也說了工作近況。

　　琳達馬上要娜娜過來夏威夷歡樂旅遊上班。

　　娜娜妳來我公司上班，就住在別墅，陸董要在夏威夷開面膜專賣店，那不就剛好，我的團都安排去店裡買面膜，過來上班，我需要妳。

　　娜娜答應了琳達，要來夏威夷歡樂旅遊工作……。

　　就等明天志祥來，與他一起討論……。

　　乾杯……，祝娜娜到歡樂上班。

　　回到別墅的娜娜。琳達姐對我真是太照顧了，給我

住別墅，又給我工作，根本就是老天派來照顧我的，真心感謝這個緣份，娜娜看著桌上一整排的面膜，目前市場上有五款新面膜正在銷售，看著各款面膜標示的功效……。

這個品牌美人膜，我一定要把它做起來，行銷出去……。

十一點半了，泡個澡，準備睡覺了，明天去接志祥……。

LINE 響起，是愛德華，不死心的又傳來，問著娜娜明早會來學游泳嗎？

當大家都用已讀不回這招對付不喜歡的人或拒絕對方，我娜娜不做這種沒有禮貌的事，讀了就要回啊！彼此尊重，這是最基本的禮貌及個人修養，這個花心的愛德華，應該是想要追求我，本姑娘對長得帥，身體強壯，

又懂得花錢討女生開心，會甜言蜜語的花心大帥哥，一點興趣也沒有，長得帥有錢又怎樣，花心就不行，我要一個專情的男人，不花心的，但是男人大部份都是用下半身在思考，不像女人。

娜娜泡著澡，一直在思考這個問題⋯⋯。

又想太多了，趕快洗洗睡，明天接機⋯⋯。

早起自己做早餐的娜娜⋯⋯

這種生活應該就是女人天天幻想，一直想要的貴婦生活吧？

看著這三百多坪的別墅，只有我一個人住在這，吃著早餐、看著海，真是幸福。去海邊學什麼游泳？別墅後面家裡自己就有一個大游泳池。娜娜脫下衣服，換了比基尼，在泳池旁，住家這麼隱密，安全性又高，任何

人又看不見泳池。上空只有陽光普照，藍天白雲，又沒有無人機在上空偷拍，娜娜乾脆脫光裸游，就這樣，娜娜脫得精光下水。沒想到脫光游泳，比去做 SPA 還要舒服，自己學游泳好了，閉氣、手挖腳踢，像青蛙游泳一樣的姿勢……，娜娜這時發現在草皮上竟然有一隻小青蛙，便去抓來，放入了水中，你就當我的教練好了，就這樣，在水中的娜娜，看著小青蛙游泳的方式，脫光了衣服裸游，學會了，蛙式游泳。

總算會游泳了，不難嘛，很簡單，自己學比較快又不用花錢，謝謝小青蛙教練，娜娜把青蛙放生，放到別墅內的魚池池塘，裡面有許多的孔雀魚、小魚。

十點了，要準備一下，琳達姐要來接我一起去機場了。

娜娜穿著可愛連身式小洋裝，戴著墨鏡，站在別墅前等琳達……。

　　開著法拉利的美國年青人，看著娜娜猛吹口哨，原來衣服穿漂亮一點、露一點，最重要的是，一定要戴全黑式的名牌墨鏡，一定要名牌的，一定會吸引男人的目光及刺激生理衝動。

　　琳達到了……

　　穿這麼美，娜娜，妳這是要去參加時裝秀表演嗎？要去接陸董，穿漂亮一點比較好，我已經與陸董談好了，明年的員工旅遊還是由我接這個團，會超過上次的一二〇人，我會把這個項目弄過來給我們歡樂做，上次是玩美做，琳達姐，我們台北有辦事處嗎？目前沒有。

　　有陸董這個年年固定的團，一整個台北公司的開銷

就夠了，到時候開一家在台北，就可以台北接單來夏威夷玩。娜娜妳這次行程只有九天，妳回去後，下個月十五號妳就來夏威夷公司上班，機票我公司會安排。謝謝琳達姐，謝什麼，自己妹妹，琳達姐真是夠義氣，這麼挺我，這在女生對女生的世界中，不多見。大部份都是為了自身的利益，表面一套，背後一套，多年來流傳許久的一句話：防火、防盜、防閨蜜，不存在我與琳達姐之間。

在夏威夷，我感受也感謝到琳達姐的幫忙與照顧，琳達姐是我的天使。

機場到了……，倆人站在入境大廳，等著陸董，到了。

娜娜、琳達、陸董三人回到了別墅。陸董，以後這

間別墅就做為你與娜娜夏威夷的面膜公司辦事處，不用去市區花錢租辦公室，真謝謝琳達，是我要感謝陸董才是，上次接了您公司一二〇人的旅行團，賺到的錢就買了這一間別墅，這有五房，你參觀一下，真大真漂亮，還有游泳池……。

泳池內怎麼有一隻青蛙？

住在這真是享受，門前是威基基海，門後是游泳池，過一陣子我也要在這旁邊買一間來住，與琳達當鄰居，好，陸董等你，一起當鄰居，餓吧！有一點，走，去吃飯。

琳達開車來到了珍鮮海鮮美寶的店，一進門，全部擠滿了客人，哇！這家餐廳生意這麼好，志祥不知道這家店本來是一天不到三十人光顧的海鮮餐廳，美寶正在

忙著招呼客人，美寶老公認出了娜娜，趕快告訴老婆。美寶看見是娜娜與琳達來店裡，趕快安排三人座位，謝謝琳達安排幫助了我，使我的店起死回生。

在店裡，旅行社的員工看見是董事長琳達，都跑過來打招呼，這些客人都是林總安排的，開始著天天餐廳都客滿的榮景，陸董，這位是店裡老闆湯美寶，也是從台北來的。你好，陸董，我是美寶，謝謝娜娜，我才剛認識琳達，就願意幫助我，下個月餐廳不會倒閉了，三位請去拿食物用餐，琳達拿了四十五元美金要給美寶，美寶堅持不收，您是貴人，沒有妳的幫助，就沒有這家店，怎麼能收妳的錢，琳達堅持付錢，我現在就是個客人。

我們是來捧場消費的，堅持要美寶收下，不然不吃。美寶明白琳達的心意，收下了這四十五元美金，我收下，三位可以用餐了……。

餐畢後，琳達帶著陸董、娜娜考察著面膜專賣店的開設地點。在威基基市中心是最適合的，要看是設在百貨公司內還是在購物中心，還是租在人潮會經過的熱門地點小店。

琳達帶著陸董看了奧特萊斯購物中心、卡哈拉商城、威基基購物廣場、皇家夏威夷中心、阿拉莫阿那中心⋯⋯。

到時候面膜店開了，公司的行程會排入面膜店，帶觀光客來消費，這樣天天就會有基本的客源了。威基基購物廣場非常適合，這裡華人觀光客最多，歐美、日韓客人也必來這逛街，離家裡也很近，十分鐘的路程，走路過來就可以了。

三人吃著霜淇淋，一層一層逛著威基基購物廣場，整個購物中心還沒有賣面膜的專賣店，這個地點不錯，

年輕的女性客人也非常多，「美人膜」的店開在這非常合適，這次來夏威夷就是要落實看地點開店及把品牌廣告代言人簽下來。代言人名模 Marllie 原來是 S 跳傘俱樂部董事長瑪麗的女兒，現在在紐約拍廣告，明天會回來夏威夷，已經答應要合作了。

今天晚上就可以把合作的合約準備出來。很好，娜娜辦事能力強，簽下來後，廣告就在夏威夷拍，開始做廣告文宣，工廠也會準備生產，下個月再來一次就把地點簽下來，辦事處也開始辦公，準備開店事宜……。

琳達，這附近有日本拉麵嗎？突然很想吃，陸董，這裡是夏威夷，全球的美食在夏威夷都可以吃到，那好，去吃拉麵，不用開車，Todai 日式餐廳就有，就在前面，走五分鐘路就到了，還要去超市，我要買一些土司、蛋，早餐自己在家裡做來吃。

晚上志祥與娜娜倆人在別墅裡……。

娜娜告訴了志祥，下個月會來琳達姐公司上班，也會同時做面膜的項目，在歡樂旅行社有一個優勢就是把客人引入到面膜店消費，志祥聽著娜娜的分析，贊成娜娜的建議。

志祥告訴娜娜，他會準備一百萬美金在夏威夷開公司，成立夏威夷美人化妝品公司，會給娜娜十％的股份，由娜娜擔任 CEO，娜娜妳覺得可以與琳達如何合作？我的想法是這樣，一開始面膜專賣店開了後，有帶進來的客人給她抽佣金，再來評估是否邀約她入股，妳覺得呢？

我覺得可以，志祥，娜娜我們都是美人膜品牌的創辦人，謝謝你，志祥，……來，娜娜，喝一杯，敬我們合作的事業成功，必須成功，志祥，乾了……。

志祥，你要睡哪一間，有五間房，我睡在這一間，裡面還有一間，大房附有廁所，可以看海，好，我睡這一間。

娜娜，明天行程如何安排？

明天會等 Marllie 回夏威夷，時間還未定，要等瑪麗通知。

明天起床後，中午我們去吃牛排，然後去超市大賣場買一些菜回來，晚上七點邀請琳達與瑪麗來別墅用餐，晚餐我來做。志祥你還會做菜？當然，好不好吃，妳明天就知道了。我現在回房去聯絡她們，代言人合約也會弄出來，一式兩份，晚安，明天見……。

娜娜回房聯絡了琳達與瑪麗，並且一字一字的寫著廣告代言人合約，代言人費用多少？只能先空著，代言費用問題等到時候現場再來談，OK，弄好了，睡覺，

趕快睡覺⋯⋯。

　　一大早已會游泳的娜娜，全身脫光著在泳池游泳，志祥應該不會這麼早七點起床吧！游了三十分鐘便起來穿上衣服，發現志祥已在廚房做著早餐。那剛剛全身脫光裸泳的我，有沒有被志祥看到⋯⋯？早，娜娜，早餐快好了，我習慣早睡早起吃早餐，妳在游泳，對，昨天學會的。找誰學的一天就會？青蛙王子⋯⋯。

　　志祥一頭霧水，哪個男的？

　　早餐好了，來吃吧！土司、雞蛋、培根、牛奶，門口就有麥當勞，自己做的比較營養衛生。在外面時，再去吃麥當勞，我也喜歡吃。

　　倆人吃著早餐聊著面膜，合約好了，我去拿。

　　你看一下，只留下代言費空白，到時候見面時當場談。

吃完早餐後，我們去海灘走一走，中午去吃牛排，下午買菜，晚上四人吃晚餐……，我上樓去洗個澡，換好衣服就可以出發。

娜娜穿著一身粉紅色緊身衣褲到了一樓，曼妙的模特兒身材展現出來，志祥被娜娜散發出來的氣質與美麗吸引著。

走吧！倆人悠閒的散著步，早上九點鐘威基基已有許多人，走著走著卻走到了愛德華教游泳的地方。怎麼有這麼多穿比基尼的女生在這，喔！這個人是教游泳的。

愛德華看見了娜娜，娜娜妳怎麼都不回我電話，志祥反問：你是誰？怎麼對女生說話這麼大聲，沒禮貌。

我是娜娜的游泳教練，游泳教練，喔！原來如此，你就是那位青蛙王子，這下子愛德華火大，想上前打志祥，竟然罵我是青蛙，旁邊的路人紛紛上前把倆人架開，看著倆人的娜娜，卻大笑了起來，便拉著志祥離開現場……我差點被打，妳還有空笑。

　　志祥，你一定是誤會了，他是我的游泳教練沒錯，但只教過一次，我與大家都在海邊上課，但是我還是沒學會，就不上了。

　　自己就在別墅的游泳池游，學看看，結果看見一隻小青蛙正在水中游啊游，就學起了牠的游泳方式，小青蛙的蛙式，學了一早上就學會了，所以他是我的游泳老師青蛙王子。原來在泳池的那一隻小青蛙就是青蛙王子，志祥笑了。娜娜想剛剛志祥應該吃了好幾瓶醋吧！看這兩個男人差點為了我這個女人大打出手，那我回去

要好好謝謝這一位青蛙王子，晚餐也邀請牠入座，青蛙都是吃什麼？我想應該是蚊子、昆蟲之類的吧！

倆人散步在威基基逛著街，志祥與娜娜穿著剛買的夏威夷衫，志祥牽起了娜娜的手，而娜娜沒有拒絕……。

中午吃完牛排後，來到超市大賣場買菜……。

志祥，你想做什麼菜？

想買豆腐，我來做紅燒豆腐，要買豆拌醬，買蝦子做水煮蝦，還有牛排，買八大塊，四季豆炒肉絲，買一隻烤好的烤雞回去切，還有魚、玉米、蕃茄、水果、螃蟹、牡蠣、蛋、啤酒……。

我喜歡吃巧克力，也要買，好，買。

娜娜喜歡吃的東西我們都買……。

倆人大包小包的提著回去。

娜娜妳先休息，我先在廚房準備，志祥你確定不用我幫忙，現在才四點半，她們大約六點半到，晚餐由我志祥大廚來準備就好，三位女士負責吃。

　　娜娜吃著夏威夷豆巧克力，看著電視……。

　　志祥廚房忙著做菜。

　　志祥做好了十四道菜。娜娜我做好了，可以把這些菜放到桌上，好的，六點半了，她們應該快到了。

　　娜娜偷吃了一小塊肉絲，真是不錯。叮咚…叮咚…

　　人來了，琳達姐、瑪麗姐，這不是 Marllie 嗎？

　　對，我女兒 Marllie，哈囉！娜娜，妳也會說中文，中文、英語都行，閩南語也可以，跟封面長得一模一樣，真漂亮！媽媽生得好，剛下飛機就直接帶過來一起與大家碰面，阿囉哈！陸董，請坐，我菜都煮好了，請入座，

用菜別客氣。這些菜是下午我與娜娜去超市買回來的。今天所有的菜都是陸董做的，今天我們女生只負責吃菜，這個紅燒豆腐真是好吃。

Marllie 去紐約拍廣告，是的，去拍一個香水廣告，待了六天，陸董公司是做化妝品的，我們最近會開始找地點，會在夏威夷開面膜專賣店，有與瑪麗姊商量⋯⋯有，我媽已告訴我，Marllie 吃著牛排，公司要找妳當品牌代言人，OK，我可以，那關於代言人費用，妳需要多少錢？關於錢的問題，你找我媽媽談就好，瑪麗姐，代言人費用多少錢？收一元美金就好，支持妳娜娜，支持陸董。

怎麼可以不用錢？上次陸董公司一次一二〇人來 S 俱樂部跳傘，我們就結下這個緣份了，現在陸董要在夏威夷開店，當然要全力支持，到時候我公司的三架飛機

再來宣傳面膜，飛機在飛上天空時後面綁著布條，現場也可以設廣告看板。這是合約，請瑪麗姐看一下，瑪麗姐看了合約代言人費用空格，很夠意思的填了一元美金，簽下了名字，代言人 Marllie 也簽下了名字，這一切陸董看在眼裡，瑪麗不求回報的幫忙及支持。

合約給妳娜娜，陸董舉起手上的啤酒，我敬瑪麗，敬 Marllie 謝謝支持，謝謝琳達，謝謝娜娜，謝謝大家，下個月正式在夏威夷開面膜專賣店……。

送走了瑪麗她們，娜娜拿合約給志祥。志祥趁著酒意，一把抱住了娜娜，倆人便發生了關係，當晚倆人一陣翻雲覆雨，躺在客廳沙發上，志祥抱著娜娜，抽著菸，娜娜妳以後就跟著我，我們一起做事，把面膜品牌做大，我給妳的零用金花完了沒？我還有，還沒花完，妳

零用錢快沒了告訴我，我再給妳，娜娜微笑著，躺在志祥懷裡……。

娜娜心想，這一切會不會來得太快，就這樣發生了男女關係，與志祥上床，這算不算是一夜情……。

肉體的歡愉，身體解放的娜娜感受到從來沒有過的身心快樂……。

隔日一早，娜娜做了早餐，等志祥起床，並拿出了夏威夷全部的面膜要與志祥討論。看志祥還在睡，娜娜肚子好餓，不等了，先吃了。

就在客廳吃著餅乾等志祥……，起床了，志祥你去吃早餐，我做的。

志祥吃著愛心早餐，娜娜走了過來。桌上的面膜是現在夏威夷在銷售中的面膜，可以看每一家公司的原料

成份及售價，了解對手商品，美人膜才能針對消費者量身訂做。現在代言人已簽下來了，下一步就是要拍平面的文宣，可以用美人魚的造型，由代言人 Marllie 來扮演，主標連美人魚也愛用美人膜，另一則為美人專用面膜，美人膜越用越美，用美人魚的造型來加深消費者的認同，想到美人魚就會想到美人膜。第二波宣傳，再來舉行第一屆夏威夷美人魚造型大賽，冠名商「美人膜」，並邀請著名專業人士、明星藝人擔任活動評委，並找明星當主持人，可以在美人膜專賣店報名，消費滿一百美金，就有資格參加比賽。第一名獎金一萬美元及獎座，第二名五千美元，第三名二千美元……，並在網路上直播，各大主流媒體報導……，活動宣傳大使是 Marllie，也是評委團之一。

　　志祥，你覺得可行嗎？志祥看著娜娜，一把抱住親

吻起來，妳太厲害了娜娜，先別忙著親，我們先開會。

　　這些面膜我會帶回台北，研究其他廠商使用的成份，下個月中旬就要來威基基設點，之前要把 Marllie 的平面先拍完，面膜在下個月初就可以大量生產，並貼上 Marllie 的肖像，先在台北上市，下個月來夏威夷，要註冊公司，我下個月初先來夏威夷拍 Marllie 平面廣告，會找台北的專業團隊設計人魚裝。

　　攝影師也找台北的，再過來夏威夷拍，地點就在威基基海灘，拍完後，攝影組回台北到公司與志祥碰面並看成品，我留在夏威夷辦理註冊美人公司，會找琳達姐協助，地點確定在威基基購物中心。對，好，我與琳達姐會再去看一次，找一樓的店面，靠近入口處的承租下來，店的設計風格，我再來找夏威夷當地設計師，會把所有預算列出來，等你下個月中旬過來，確認無誤後，

就發包開工⋯⋯。

志祥 OK 嗎？娜娜，妳執行力太強了，有妳在身邊真好。

娜娜，妳什麼時候回台北，我四天後回，我後天就回台北，要進公司開會，就按照妳說的來處理，妳請琳達帶妳去銀行開戶，我會每個月寄工作薪水及零用金給妳，分紅的錢另計。

這是妳自己的私人帳戶，公司帳戶等我中旬來夏威夷再弄，公司帳戶OK後，我會安排匯一百萬美金進來，作為夏威夷美人化妝品公司創業基金，娜娜任 CEO，這個安排可以嗎？娜娜我相信，我們強強聯手一定大好⋯⋯。

我在夏威夷再待兩天，娜娜妳要多多陪我，下午我們去坐直升機看海，晚上去坐愛之船，看晚霞、吃烤肉。中午要吃什麼？中午去珍鮮海鮮找美寶吃飯，好，可以，那現在呢？我餓了，娜娜，你又來，志祥一天三次了。娜娜自己清楚明白，接下來與志祥不止是一夜情了……。

　　起床了，不是說今天要玩一整天，姑娘現在才早上七點，我再睡一會，也對，昨晚的激烈場面，證明女生還是比男生體力好，我去做早餐好了，等一下起床吃，吃完後，開始一日遊……。

　　吃著漢堡的志祥。親愛的娜娜，我覺得妳做的早餐比我做的三明治還要好吃，妳的漢堡包著一大片牛排，而我做的三明治只有火腿，娜娜我喜歡妳做的早餐，以

後妳要天天做早餐給我吃，哎！男人得手前做餐給女生吃，得手後，女人做餐給男人吃，這就是男人……。

好吃，親一個，我去換衣服，帶妳出去玩一天……。

今天去坐直升機，出海釣魚，下午回來市區逛街吃晚餐。

明天妳聯絡大家，晚上來家裡吃飯，告知她們我後天回台北。

志祥看著手錶，到了，走吧！哇！加長型禮車，你叫的是直升機公司安排的，坐一次直升機很貴的，當然要來接我們，我們是貴賓呢！怕什麼！最恐怖的高空跳傘都敢跳了，妳膽子大的女漢子娜娜怕什麼！上……，如果怕坐直升機會暈機，這一大包話梅慢慢吃，你連這種小偏方都知道，因為……，哈哈！我也是怕暈機的

人，我已經先吃一大包了，娜娜大笑，大男人吃什麼話梅，那這一包我們一起吃好了。酸酸的話梅，就像是愛情一樣，酸酸甜甜的。

　　直升機升空了……，下面就是海，是威基基、火山口……這是不是恐龍灣，解說員介紹著直升機之旅，各個景點介紹……。

　　娜娜有釣過魚嗎？有，釣到什麼魚，吳郭魚，有一次與同學們去池塘玩，大家比賽釣魚，我放了蚯蚓餌，放了十分鐘都沒動勁，想要換餌，一拉起來，就一隻吳郭魚了，這樣子也算釣魚。我們現在坐的這一艘釣魚船，要去釣旗魚，中午在船上吃生魚片料理，妳的釣竿可以釣小魚，娜娜把墨鏡戴上，太陽光照射在海面上，反光照射在眼睛上，時間長了對眼睛是傷害很大的。

船停了下來，到了最佳釣帶，水下有鬼頭刀及其他魚，有一大群鮭魚，船上的遊客紛紛急速下竿，有人釣到了，又有人釣到了，我的竿子也在動了，快拉起來，娜娜，妳中魚了，拉不起來呀！好重，等一下我過來拉，真的很重，志祥與娜娜一起把魚拉出水面，船主說：你們釣到石斑了，石斑魚……，船主幫忙把大魚拉上船，哇！這麼大隻，還好，我趕快過來幫幫忙，不然我親愛的娜娜就要被大魚拉下水了。

　　石斑魚在船上跳來跳去，現場的客人都跑過來拍照，現場有人說把這條魚現場殺了，做生魚片請大家吃，娜娜一聽，現場殺魚，真殘忍，船主想用美金二千元買這條大魚石斑魚……。

　　娜娜看著石斑魚……。

　　志祥……我覺得釣魚應該是樂趣，有釣到就好，這

一條魚長得這麼大也非常不容易……。

　我們把這條大魚放生吧！讓牠繼續活下去，生活在這一片海域！

　我聽老婆的，放生，但放生之前是不是應該拍個相片，上傳直播，志祥告訴船長不賣，要放生，有部份的客人拍手叫好，大家合照給大魚拍照上傳了 IG 與 FB，娜娜與志祥親手把大魚推向大海，放生……。

　娜娜妳真善良，我就喜歡妳這一點。船上供應著生魚片與烤魚，娜娜，我們先不釣了，吃午餐，有鮭魚、鮪魚生魚片、小卷……，好，吃現成別人做好的比較好，多吃魚對身體好。

　現場有許多觀光客把這一段影片上傳了，船長也上傳了，許多人都看到了這段華人娜娜小女子大戰大石斑

的影片⋯⋯。

　　倆人下了船，回到市區，走在威基基。走在身邊的人一直看著娜娜，並看著自己手機，陸續有人走了過來，走向倆人，拿了手機給志祥與娜娜看，原來是剛剛在船上釣石斑魚的影片，外國人都圍了上來，要求拍合照，志祥與外國人用英文交談著，大家拍了影片又上傳社群，娜娜的名字上了各大社群軟體，這段與大魚博鬥，釣上後又放生的影片，上了 CNN、TVBS 及中央電視台⋯⋯。

　　這段影片也上了夏威夷當地電視台媒體報導⋯⋯。

　　娜娜與遊客合照的相片，陸續被上傳。

　　當地媒體報社記者想要採訪這位娜娜，發起了登報

尋人活動，果然，熱心的民眾遊客，在威基基購物中心把娜娜、志祥擋了下來，火速電洽記者，不到二十分鐘，各大媒體便都來到了購物中心想採訪娜娜……

娜娜覺得這是一個大機會，志祥，我們被採訪了，也可以宣傳我們即將在威基基購物中心開美人膜面膜的店，先宣傳推廣，對品牌行銷有很大的幫助。對，這個宣傳效果很好。

就這樣倆人接受了採訪，並提前說了下個月要在購物中心開面膜店的事，現場也說了與大魚互相博鬥的驚險過程，當下出現一位夏威夷釣具公司董事長亨利，這位外國人馬上邀請了娜娜，擔任亨利釣具公司的廣告代言人……。

娜娜開心的大跳起來，要要要……，我願意當代言人，志祥你與對方談，看代言人可以有多少錢？最好是

五萬元，好，我現在馬上談，這位釣具老闆知道這個廣告效益非常大，全夏威夷都知道了這件事，連 CNN 都上了……。

志祥比了五萬，老外老闆開心得不還價殺價，答應下來，並給了名片，約明天來公司簽約並支付簽約金，搞定了，娜娜。

娜娜抱著志祥親了起來，太棒了，志祥，我賺了五萬台幣。

什麼五萬台幣，是……五萬美金……。

倆人一大早到了釣具公司與老闆簽下合約，拿到了簽約金三萬美元，現場來自各大媒體的記者，報導了這次的代言人簽約，娜娜手拿代言人合約與支票，當場接受記者採訪，志祥也在旁記錄著這一切……。

簽完約後，倆人來到超市採買晚上聚餐的食材，志祥晚上聚餐的食材錢我來付，剛拿了三萬，錢妳自己留著花就好，我來付。琳達、瑪麗比較喜歡吃什麼？琳達喜歡吃海鮮，瑪麗喜歡吃牛排，而我海鮮牛排都喜歡，還有喜歡吃巧克力，都買……，也要多吃蔬菜水果，營養才均衡，魚肉也買，我做烤魚，再買檸檬、玉米，飯後甜點蛋糕，明白，陸大廚。

　　我們到了，娜娜，歡迎，琳達姐、瑪麗姐，Marllie沒有來喔！她與朋友聚會去了，陸董呢？

　　還在廚房忙著呢！娜娜，這幾盒巧克力夏威夷豆的給妳吃，明天早上陸董要去機場，我會過來送機，因為陸董明天要先回台北，所以想請妳們一起吃飯，陸董從廚房端出了做好的菜，妳們來了，請坐，請坐……。

　　　　　　　　　　　　　　　阿囉哈！娜娜

大家都是自己人，吃吧！別客氣，大家邊吃邊聊。

　　首先謝謝琳達，安排行程，下個月我即將要在威基基購物中心開面膜專賣店，接下來將會與歡樂一起合作，開店後，可以把客人帶至店裡銷售，成為固定指定行程。

　　感謝瑪麗，美人膜要找代言人，而 Marllie 一口答應擔任品牌代言人，酬勞卻只收一元美金。

　　在此真心感謝，兩位如此不計任何報酬的支持我，謝謝妳們，我有一個想法，下個月大約二十號左右，我還會再來夏威夷，會開一家美人化妝品公司，也準備一百萬美金當創業基金，我想大家都是來自台北，又如此投緣，兩位又如此的仗義，我打算給兩位股份。不用了，陸董，幫忙又不是要找你要股份的，琳達說著，瑪麗點頭，對，我們不需要。

我的看法是有錢大家可以一起賺，我把兩位當成知心好朋友，可以一起打拚一起做。在這個功利社會，大家都忙著賺錢，人與人之間只有在互相利用誰賺誰錢，一點朋友之間的溫暖都沒有，虛情假義的一堆，但我從兩位身上看到，對朋友的義氣相挺，這種人就是我陸志祥要的，所以我希望兩位一起加入這個團隊，現在有我及娜娜，再加上兩位，妳們願意加入嗎？

　　娜娜與陸董拿起了酒杯，等著琳達及瑪麗……。

　　乾杯……，我們願意……，歡迎加入團隊。

　　妳們希望有多少股份？陸董決定就可以。

　　琳達十％、瑪麗五％，Marllie 也佔五％，這樣可以嗎？

　　可以，代言人也佔五％，大家一致同意。

　　我下個月二十號來夏威夷會把股份合約帶過來。

預祝，我們的美人公司，創業成功，大家乾杯
……。

琳達與瑪麗離開後……

娜娜正在收拾，廚房洗碗，我來洗就好，娜娜，妳去休息，這麼體貼喔！男人不是都不洗碗的，誰說的？以後我都負責洗碗，喔！這你說的喔！以後都你負責洗碗，冰箱有水果，蘋果、鳳梨我都削好了，妳先吃，我碗洗好後，馬上過來吃。

娜娜吃著蘋果，看著電視上正播著電影《超人》
……。

在看什麼電影，現在正在播《超人》。娜娜，我問妳，我給琳達十％、瑪麗五％、Marllie 五％股份，妳覺得分配多了還是少了？

我覺得可以，這個股份不錯了，等店開了，需要她們全力支持，帶客人來消費，名模 Marllie 還可以來店裡當店長吸引客人上門，S 跳傘俱樂部現場也會設廣告看板，可以宣傳面膜品牌，對品牌在業務、行銷上都有幫助。

　　娜娜，我會給妳公司股份二十％，這麼多喔！妳每個月又固定給我零用金，怕我沒錢花用，又給我股份，因為妳能力強，美人膜也是妳策劃的，值這個錢，娜娜嬌羞的抱著志祥，你明天早上要回台北了，我是大後天回台，今天晚上讓我好好的陪你……。

　　娜娜脫得一絲不掛，進了房間，……等你，超人。

　　一大早志祥已西裝筆挺的坐在客廳，等著送機的琳達。琳達的車到了，志祥進了房，娜娜還在打呼著熟睡

中，志祥留下字條，親愛的，台北見……，隨即上車驅車前往機場……。

　　娜娜起床看見字條，啊！爬不起來送志祥上飛機了，明天回台北再與志祥碰面。娜娜拿出筆記本安排行程，下個月十號來夏威夷：一、拍釣具廣告代言人平面；二、拍 Marllie 面膜代言人廣告；三、威基基購物中心租店面；四、徵店員；五、辦理註冊公司事宜；六、Marllie 肖像印在面膜上廣告文宣準備上市……。

　　請琳達姐下午我們來開個會。琳達姐下午二點有空嗎？可以來家裡碰個面，聊一下面膜進度，OK，下午見。

　　現在十一點了，肚子餓，先去吃個飯。一個人走在威基基餐館街，這台紅色法拉利誰的，亂停人行道上，

去大三元吃中菜好了，點了幾道家常菜，天天吃魚吃肉的，還是要多吃菜，對身體才比較健康。專心吃飯的娜娜，卻不知道愛德華與友人正坐在後面吃飯，愛德華叫來了服務員，偷偷付了錢把二號桌娜娜吃的菜費用結了。

……娜娜吃飽後想結帳，服務員告知已有人為其付帳了，是誰付的，是六號桌的客人。

娜娜回頭一看，是愛德華，在這也碰到他。幹嘛！幫我付錢，哈囉！娜娜！愛德華，你幹嘛幫我付錢，我錢給你，不用不用，我請妳，老師請學生吃飯有什麼關係！好吧！你愛請就讓你請，我也省一點錢，謝謝啦！我先走了，我請妳吃飯，那妳不請我喝個咖啡，禮尚往來，娜娜想了一下，如果我現在走，我不就是一個貪小便宜的人，為了展現自己的大氣，OK，我請你喝咖啡，

走吧！麥當勞還是星巴克，就在大三元旁邊而已。

我帶妳去海邊一家咖啡店喝咖啡，一出大三元，愛德華走向法拉利開了車門，請上車，原來是你的車，真沒禮貌，亂停車，你叫行人要走哪裡，愛德華被娜娜罵了一頓，是是……是我不對，下次不敢亂停了。說也奇怪，女友眾多的愛德華，就特別喜歡這種有個性、脾氣有點兇的女生，以往的女生都是溫柔聽話型的，還沒有像娜娜這種有個性又大方的女生。法拉利急速的前進，開慢一點，開這麼快幹嘛！開這種車就是要開慢，讓大家欣賞這台車的美，開如此快給誰看。

我的頭髮都吹亂了。

哈哈！話真多的女生，不過真有道理，開這麼快開給誰看！開慢一點，好了，對，這個速度就對了，小姐，我才開三十，這是法拉利啊！

到了海邊咖啡店，倆人喝著拿鐵咖啡不說一語。

我一點半必須回去威基基，愛德華你到底找我要幹嘛！

到這也不說一句話，咖啡我請了，等一下就送我回去。

愛德華一直看著娜娜，是用深情的方式看著……。

娜娜妳有男朋友嗎？如果沒有，我當妳的男朋友……。

娜娜大笑了起來……，難怪雅雅一下子就與愛德華發生一夜情，這個花心男，就是這麼主動直接表白，如果碰上對方也是愛玩、愛刺激的，鐵定馬上去酒店開房。

我有，我有男友，你開法拉利，他開藍寶堅尼，是嗎？有比我帥，比我有錢，比我強壯嗎？愛德華！你以

為女生都喜歡這一些嗎？真膚淺，我要走了，在這山上我不開車帶妳下山，妳如何下山，娜娜付了二十元美金咖啡錢，走了出去。別生氣，我沒有不載妳下山，快一點，我一點半要回去，娜娜與琳達約兩點在家開會，我開車技術很好，馬上就到，放我在大三元下車就好，娜娜心想千萬不能讓愛德華知道我住在什麼地方，不然我就有的忙了。

我直接送妳回家就好……，不必不必，妳住哪？到大三元下車就好。

娜娜堅持在大三元下車。沒吃飯等一下再去買個鹽水雞，買回去酒店吃，我住在凱悅，前面有交警，你停在人行道上會被開罰單，你快走，我們再聯絡，還是娜娜關心我，怕我的法拉利被開罰單，妳人真好，你快去忙，我去買雞了，娜娜進了大三元假裝要買鹽水雞。

偷偷看著擾人的愛德華離去後，娜娜對老闆說，我下次再來買，看著手錶，快到兩點了，趕快回家……。

　　已經在門口的琳達，奇怪電話怎麼沒人接？不是約兩點嗎？怎麼沒人在，娜娜該不會有什麼事吧！是睡過頭，還是外出吃飯，手機沒帶，還是……。

　　正在對街的娜娜，大叫了一聲琳達姐，我來了。

　　我以為妳發生了什麼事情，我去大三元吃飯喔！以後要吃飯叫上我，我陪妳，進來吧！琳達姐。

　　我明天回台北，我想與琳達姐對一下行程。

　　下個月十號我會回來夏威夷，要拍 Marllie 平面廣告，還要辦理註冊公司的事宜，及開始面試徵店員，需要琳達姐的協助，所需要的一切費用，陸董會匯過來，我先來處理就好，店是入口一進來第一家對吧？現在在

出租中，上次看的地點，是的。

位置不錯，旅客一進來就看到了，家裡可以註冊公司。

妳明天回去，這樣好了，妳回台北後，我會去把購物中心的店先租下來，一簽都是三年約，等妳回來後，再來註冊公司，註冊公司很快的，攝影棚我這有合作的，要拍 Marllie，誰拍？

我會從台北帶攝影團隊過來，美人魚裝也會帶過來，造型梳化都從台北來，下個月十號與我一起來。可約 Marllie 十二號拍平面廣告，可以，我負責聯絡瑪麗，陸董大約二十號左右到，他會帶股份合約過來，等店弄得差不多，再來開始找店員，現在找太早了。

妳明天回台北，我現在叫瑪麗下班後直接來家裡，我們三姊妹聚會一下。行，要去買菜回來煮，不用啦！

我叫外賣就好，叫龍蝦、牛肉、魚、炒菜回來吃，還有披薩，再叫一份夏威夷鳳梨蝦仁炒飯。

店員要找幾位？一間店兩位女生就夠了，我也會在，找兩位上班，店租下來後，等妳們來，再來研究店的裝潢，及瑪麗 S 跳傘俱樂部現場的廣告看板。

我覺得美人魚在威基基海灘上拍，不要進棚了。

等進度落實後，店開幕了，歡樂的客人團開始往店裡帶，人潮就是錢潮。

我來叫外賣，錢我付，我來付就好，怎麼又是琳達姐付錢，因為我是大姐。

妳去看電視，吃零食。

娜娜手機 LINE 響，又是愛德華，明天要約出海釣魚。

哼，釣魚，你哪是我對手？我釣魚釣到大石斑，又當釣具代言人，現在先不要告訴琳達姐好了，等下個月就會看到我當釣具代言人的廣告，回台北後，記得叫志祥與釣具老闆約夏威夷拍廣告的時間。

娜娜回了愛德華：沒空，明天回台北，有緣再見……。

晚餐六十分鐘內會到，瑪麗現在準備過來了。

琳達姐妳一開始就做旅遊業嗎？我在這一行二十年了，一開始就做導遊，專門接商務客，一台車坐六位客人開始做起來的。

我一個人又開車又當導遊，當初公司只有我一人，有了第一筆資金後，才開公司徵人，有了員工開始職務分工，當老闆管理員工去執行所有的目標，適時淘汰無

心工作，對公司沒有向心力的員工，公司不養閒人，不怕辛苦，認真工作的員工，我比較會用這種人，不限國籍。

叮叮叮⋯⋯門外鈴聲響起，是瑪麗到了嗎？

是晚餐到了，小姐一共是二五〇元美金，娜娜搶著付帳，付了二五〇元，又給外送員小費五〇元美金，這可樂歪了老外外送員。

感謝美麗大方的這位女士，給了我五〇元小費，祝您用餐愉快，再見！再見！⋯⋯姊我付就好，兩位姊姊今晚就負責吃，大口吃。

餐桌上滿滿的夏威夷美食，要喝酒還是喝什麼？

冰箱有可樂，喝可樂好了，娜娜說著。妳們都開車的，千萬不要喝酒開車，要喝酒就不開車，要開車就不要喝酒⋯⋯。

叮叮……瑪麗到了。

阿囉哈！姊妹們，瑪麗姐，來吃飯……。

今天生意好嗎？今天大約有八十人來跳傘，今天還行，一天最多的一次，就是上次你安排的團有一二〇人來跳傘。

瑪麗姐，下次還會來更多人，不止一二〇人。

先吃飯，有牛排、生魚片，兩位姐姐請用。

謝謝兩位姐姐照顧，我明天下午三點出發去機場，下個月十號會回來，開始執行美人膜品牌開店事宜。

姊姊們乾杯，預祝我們的面膜事業一定順利成功大賣……乾杯……。

都是娜娜的功勞，我們才有機會成為股東，謝謝！

真是有緣成為事業伙伴，娜娜妳也是我歡樂旅遊的

一份子，別忘了妳也是導遊，別忘了妳最愛的工作。琳達姐，我都做，都是服務業，為消費者服務，現在陸氏企業的旅遊都會給我負責，陸董已說了，我負責執行每年公司的所有員工旅遊，每年都會安排一次全體員工夏威夷之旅，行程固定會安排去Ｓ跳傘、珍鮮海鮮，還有我們即將開幕的面膜專賣店。

等面膜公司開設順利後，我還想做一個項目，是什麼項目？琳達、瑪麗好奇著。我要開一家女性專用的咖啡店，限女生才能進來的咖啡店，專屬女人私密的秘密花園，用複合式的方式，裡面會銷售女性商品，香水、內衣、面膜、衛生棉、口紅……女性用品，每週並開設名人講座，來分享女人健康話題，主題包含家庭、理財、育兒，什麼主題都可以在咖啡店分享，採會員制，店名我都想好了，就叫「美人咖啡店」，創始店就開在這裡。

　　　　　　　　　　　　　　　　　　阿囉哈！娜娜

家裡，這裡一樓這麼大，前面是威基基大道，後面是威基基海，這裡太合適了，試問妳們有去別墅內喝過咖啡嗎？消費者一定很喜歡，這個點子一定行，我連廁所都會設計成夏威夷最時尚最高檔的，讓女人方便時，也覺得是一種享受……。

我再來找陸董投資我們，我們三姊妹來做「美人咖啡店」的創始人，會開連鎖，妹妹，這個點子我看行，我投資，我也投資，如果陸董不投資的話，這點錢，我們出，娜娜資金妳不用擔心，這別墅又是自己的，不會有房租問題。等面膜店開店順利後，再來籌備咖啡店的事，也可以把面膜店與咖啡店結合起來，咖啡店主辦全球的作家來店裡舉行書迷簽書會，吸引人潮，店裡會有一整面的書牆，供消費者看書……。

太棒了，娜娜的想法是造福了女性消費者，預祝我

們的美人咖啡店開店成功，乾杯！

第二家就開在 S 跳傘俱樂部，喝著咖啡看著飛機，跳傘者一個一個從高空上跳下來，這裡風景不錯，但客群就不能只限女性進來消費了，可以，S 分店，可以男女客入內消費，一律採會員制，會員享有折扣，每家店內也會銷售甜點、蛋糕、布丁之類的女性最愛食品，當然夏威夷最有名的夏威夷豆巧克力，每客冰淇淋上放著一大顆巧克力，說得我自己都流口水了，兩位姊姊，我們先吃，菜都快涼了……。

隔天，琳達與瑪麗機場送機……

娜娜，妳回台北後，趕快把事辦好後，就趕快回來，兩位姊姊，我下個月十號回來，陸董二十號回來，回來要開始在夏威夷長住了。我們等妳回來，三人抱在一

阿囉哈！娜娜

起，進去吧……再見！姊姊……

　　坐在頭等艙的娜娜……

　　謝謝老天的眷顧，讓我認識了志祥，認識了琳達姐、瑪麗姐，讓我的人生有了很大的改變，謝謝我生命中的貴人們……，謝謝阻礙我前進的小人們，有了你們的阻力，更加強了我一定要成功的信心。

　　給我歷練、給我支持、給我機會，讓我一個小女生漸漸成長，成為大女人，拿著紅酒杯的娜娜敬自己……。娜娜，妳行的。只要有一點點的可能，就應該全力以赴去做……。

　　飛機降落在機場，已經在入境大廳等待娜娜的志祥，手拿著一大束紅色玫瑰花，在人潮中特別的顯眼。

　　娜娜拖著大紅色行李箱走了出來，志祥給了娜娜一

個緊緊的擁抱，親愛的，歡迎回來，娜娜上了志祥私人專用車。

娜娜先送妳回去，妳住在什麼地方？

車子停在動物園附近的一處破舊公寓。我租在這棟十八號三樓，這是房間鑰匙。好，我放好行李馬上下來，志祥下車提起行李箱便先上了三樓，我在樓下等你……。娜娜坐在車上等，志祥回到車裡……

志祥親吻著娜娜，走，到我淡水的家……

車子開進了淡水豪宅上了三十八樓，一層一戶二百坪豪宅，娜娜驚訝不已。放眼望去，風景真美，太棒的房子，陸媽媽也住這嗎？媽不住這，這淡水房我一個人住，媽還是住在帝寶，因為我喜歡看海，住這兒有沒有像夏威夷，夏威夷比較美，但住淡水的景觀比台北市區

還要好。娜娜，妳過來，我帶妳參觀，這是我的房間，這是廚房，這是酒吧，這是餐廳，這是會客廳，這裡有五個房間，看妳要住哪一間，妳這幾天就搬過來與我一起住，這裡只有我們兩個人住，妳現在租的房子不要住了，這幾天我請人幫妳整理收拾一下，準備搬過來，這是家裡鑰匙妳拿好……，看好妳的房間沒，我住靠海的這一間，好，這棟大樓住的都是上市公司老董，一戶一梯，穩密性高……。妳搬家要弄過來的東西，看什麼時候要搬，我安排人來處理，妳不需要自己搬……娜娜……抱住著志祥……感動的流著淚。

為什麼對我這麼好？因為我愛妳啊！要好好照顧妳，可是我們才相識不到三個月，你卻對我如此好，你帥氣多金，一定女友很多，而我長相一般，又沒什麼錢，

值得你這樣對我好⋯⋯妳有錢沒錢對我都不重要，妳與其他女人不同，雖然我們短暫相識，娜娜，我對妳是真心的。謝謝你！志祥，真心對待我，我怕妳一個人住破舊小房子，住戶複雜不安全，與我一起住，我天天看著妳，妳就會有安全感了，謝謝超人⋯⋯。

晚上你下廚還是我下廚，不要出去吃了，冰箱有很多菜，一人做兩道菜，簡單吃就好，喝點紅酒，今天就住這，妳明天再回去整理行李，OK，妳先做好了，娜娜，我先去書房看一下公司文件⋯⋯。

娜娜打開冰箱看有什麼菜可以做。有螃蟹、有草蝦，這麼多蝦，光吃蝦就吃飽了，還有半隻還沒吃完的烤雞、高麗菜、韭菜，有豬肉絲，可以做韭菜炒肉絲，蛋，我做草蝦和韭菜炒肉絲好了。

做草蝦最簡單，水滾了整隻丟下去，撈起入盤，準備調味料芥末、蒜、醬油，就搞定了，一人吃五十隻好了。

娜娜穿起了圍裙，開始料理，把蝦子拿出來開始製作水煮蝦，我想我最引以為傲的，就是很會做這一道菜，三分鐘一道菜。韭菜炒肉絲，韭菜是男人的威爾鋼、女人的幸福菜，放多一點好了，這道菜對身體健康很有幫助……真香，試吃一口，我真會煮，誰娶回家，誰有福氣。

娜娜去志祥的書房……

志祥，我的兩道菜做好了，妳做水煮蝦和韭菜炒肉絲對吧？你怎麼會知道？我又沒有告訴你，大小姐，我還知道妳放的是花生油，娜娜妳炒菜忘記開抽油煙機了

……

啊！忘記開了，所以我在書房都聞得到，不過，真的是很香，我肚子都餓了。換你了志祥，OK，我來做兩道菜，圍裙給我，我幫你戴上，妳去陽台看風景，我去廚房，看我要做什麼菜？弄個螃蟹一人吃三隻，再把半隻烤雞弄熱就好，清蒸螃蟹，吃原味才是海鮮的最棒吃法。

娜娜，我不煮飯，妳叫披薩回來吃好了，桌上有披薩電話，妳打去叫。

這半隻雞放進微波爐熱一熱就可以吃，這螃蟹是萬里蟹，六隻兩個人吃剛好，再蒸一會兒，這雞真燙，OK了，切一切，娜娜比較方便吃，弄個調味料，真是人間美食，做好了。

志祥把這兩道親自做好的菜放上了餐桌，四道菜外

加披薩，娜娜，菜做好了，過來吃晚餐。

來了，我喝啤酒，妳要喝嗎？娜娜來一瓶好了，一人一瓶，敬平安回台，乾杯……娜娜，吃我煮的螃蟹，我把蟹肉弄出來，以免弄傷手，哇！你是吃蟹高手，一下子就把蟹大卸八塊，蟹腳肉都弄了出來，這蟹黃你吃，這有醬油。那你吃我做的韭菜炒肉絲，多吃一點，對男人很補，多吃 點，好，我吃。你快吃蟹，別只顧著幫我夾菜，娜娜自動自發的剝開了蝦殼，一隻隻肥美多肉的蝦子，餵著志祥，你也吃，娜娜。

叮叮叮……披薩來了。

冰箱有冰可樂，吃披薩要配可樂吃。

娜娜妳給外送員一百元小費，看他多開心。

外送員很辛苦，給個小費鼓勵一下，夏威夷風味的，

真想念夏威夷。小姐，妳今天才剛下飛機，這麼快就想了，下個月十號就再去，先吃，今天不聊公事，後天進公司再來談面膜的進度，好，剛回來要多吃，補身體，這蝦你吃，怎麼吃這麼久蝦還這麼多，我煮了一百隻蝦子，算過了，妳明天看妳幾點回家都可以，我明天一早九點開會，妳後天下午兩點來公司，我們開會……。

娜娜，妳什麼衣服都沒帶，先穿我的好了。

來房間看要穿哪一件自己拿，我先去洗澡，妳要睡這間，還是睡妳那間都可以，娜娜心想，當然睡這間……。

娜娜看著這一整面衣櫃，根本就是一間服裝店了，這一件白色T恤可以穿，這四角內褲我可以當短褲穿，去我自己的房間泡個澡，累了一天。

娜娜累得睡在泡泡浴浴缸中……

志祥洗完澡出來找不到娜娜，看著睡在浴缸的娜娜，志祥在旁看著，肯定很累，一下飛機到現在都沒休息。

　　娜娜，去房裡睡，娜娜站了起來，全身都是泡泡。

　　志祥用浴巾包起光著身子的娜娜進了房……

　　倆人一起睡在舒服的床，很快就進了夢鄉……

　　志祥與娜娜都累了，這一晚睡得特別安穩。

　　一早志祥起身，看著熟睡中的娜娜，還是不要吵醒，便到市區公司上班。

　　早上十點，娜娜起床，志祥去上班了，怎麼不叫我，都睡過頭了，應該早一點起床為志祥做愛心營養早餐才對，可見昨天真是太累了。娜娜自己做了三明治土司夾了蛋，塗一層草莓果醬，便吃了起來。我覺得早餐一定

要吃，以前不吃早餐，常常頭昏昏沈沈的沒精神，現在習慣一定要吃早餐，精神越來越好，坐在陽台上，吃著早餐，吹著海風，真享受，在淡水就像是在度假一樣。

先把這裡打掃一遍，昨天晚上晚餐的餐盤都還沒有洗呢！娜娜拿著吸塵器開始打掃，看見寬廣的客廳，這要吸很久，這二百坪的房子打掃起來，一天可能做得完嗎？志祥他都是如何處理的，還是他都是叫清潔打掃公司打掃衛生……。

今天我想可以先處理客廳及廚房，志祥的房間我就不打掃了，要尊重個人隱私，不要亂進他人房間。志祥應該去買一台自動的掃地機，機器自己跑來跑去掃，用這種才方便，吸到現在的我已腰酸背痛了起來，可見我平時運動量真是太少了。

娜娜清完了客廳及廚房，換了衣服，便到樓下的紅

樹林捷運站坐到動物園站回到家。

　　看著行李箱原封不動的矗立在床旁邊，裡面的內褲內衣都還沒洗，再不洗要發臭了。打開行李箱，把所有衣物重新洗了一遍，志祥要我搬過去，我的房租合約到什麼時候？房租已交了，這個月不住滿，不就太便宜房東了，也是，這些天慢慢打包，什麼該丟，什麼該搬過去，才有時間處理，就這麼決定了，月底搬過去……。

　　娜娜開始清理要丟的物品，第一個要清的就是前男友的所有物品，一個不留，包含相片，娜娜大量清理前男友明浩的東西……，衣服、內褲、鞋子、合照一律剪成碎片，要清除這個渣男在我心中的所有記憶，這是他送我的生日禮物項鍊，不要了，丟，沒必要留下來。

　　娜娜敢愛敢恨的個性，丟棄了所有與明浩有關的人

事物，整理出三大袋垃圾，垃圾的男人，垃圾物品特別
的多。

　　娜娜去電告知了房東，只住到月底，會搬家，提前
住房解約，提前解約的下場，就按照合約上的條件執
行，房東答應，賺到了解約金。

　　娜娜走到樓下去向賣蔥油餅的老伯買蔥油餅當午
餐，老伯買三片，加雞蛋，加辣……。

　　下午還要繼續清理，我很多沒有穿過的舊鞋全部丟
掉……

　　吃著蔥油餅，看著已清出的三大袋，光那個渣男的
就三大袋……

　　鈴…鈴…鈴…手機來電，是志祥嗎？

　　是琳達姐來電。琳達姐，娜娜，在台北還順利吧！

順利，明天會與陸董開進度會議。夏威夷這兒，上次不是看了威基基購物中心的地點，房東說已有人要承租，說我們再不趕快租下來，就會租給他人開店，我等一下會去付訂金，爭取店裡裝潢施工期，看可不可以延長到四十五天，一般只有三十天施工。

這個店地點好，我們要先租下來，以免被租走，琳達姐先付的錢，我再請陸董處理，沒關係娜娜，等妳們來夏威夷再說，妳是十號到，陸董是二十號對吧！是的，琳達姐。

提前一天再次確認，我會去接機，好的。

這一天娜娜清理了房間所有物品，看著清除了八大袋的垃圾，真是想要的很多，需要的不多，以前真是浪費，每個月的薪水也沒有多少錢，怎麼會購買這麼多的

商品，真是女人的通病，購物狂，看到就想買，尤其是試穿鞋，試穿衣服，感覺試了又不買，有一點對店員不好意思，就花錢買下來，一堆根本沒穿，衣服也從白色變成米黃色，新鞋上積滿一層層灰塵，過了一段時間，日子久了，也褪了流行，沒人穿，穿出去會被說成老土，可見以前真是愛面子……。

從今天起開始重新做人，做自己，做自己喜歡的事，不要管別人如何看妳，在乎那個在乎妳的人，珍惜那個珍惜妳的人，這樣就夠了。

別人的冷潮熱諷，不要去在意……做自己就好。

到了晚上七點，娜娜一個人來到景美夜市吃著最愛吃的四神湯和肉圓，去看了二輪戲院正播出的《正義聯盟》……看著電影，想起了夏威夷的琳達姐、瑪麗姐，

對，我們就是正義聯盟，再加上一個志祥，志祥就是電影中的超人，能力最強⋯⋯。

娜娜忘了關震動的手機大響，吵著正在專心看電影的觀眾大罵了起來，誰啊！真沒公德心，手機怎麼不關機，正播著精彩⋯⋯，一臉羞愧的娜娜，低著頭趕快離開現場，接起了電話。娜娜，妳在哪？怎麼這麼喘？我、我正在看電影，你就打電話來，電話響，觀眾大罵，我就跑了出來，正播到神力女超人大戰草原狼，⋯⋯妳跟誰在看？我一個人看，今天打掃家裡一天了，晚上跑來夜市吃晚餐，看見電影海報正播出《正義聯盟》，因為裡面有超人，就買票進來看。娜娜妳喜歡看電影，我以後帶妳去看，志祥等你有空再去看，妳今天不過來淡水，今天就不去了，我月底搬家，已經向房東說了，我明天下午兩點會到公司開會⋯⋯。

好，我們見面聊……。娜娜又進去戲院，摸黑隨便找個沒人坐的位子，手機關機，專心的看完這部電影……。

娜娜看完電影走在回家的路上，電影裡的神力女超人根本就是我娜娜，只是我不會武功，當娜娜還停留在回味電影劇情時，卻不知道後面已有神秘男子在後面跟蹤著。前面巷口的燈還亮著，蔥油餅老伯，這麼晚了還在賣，真是辛苦，娜娜感覺後面黑衣男已一路跟蹤到這兒，我住的地方千萬不能被知道，我一個女子在外租房安全最重要，當後面黑衣男想跑過來搶包時，娜娜大聲叫了一聲：老伯，我買蔥油餅！後面的黑衣人停住腳步，往回走，娜娜慢慢轉頭看著前方黑衣男背影，好險，老伯在……老伯，這麼晚了，怎麼還在賣？還沒賣完，賣

阿囉哈！娜娜

完了再回家，老伯住哪？就住在前面的巷子內，老伯，這裡的蔥油餅我全部都買了。小妹妹，妳要全部買？這麼多，妳一個人吃得完……，可以的，我朋友多，請朋友吃，我叫娜娜。

娜娜付了三千元，不用這麼多，老伯，你留著，娜娜幫著老伯包著蔥油餅，老伯姓張，話不多，沒有結婚，無子，六十五歲了，一個人獨居租房，張伯，我叫娜娜，您炸的蔥油餅真的很好吃，娜娜拿著張伯剩下來的蔥油餅，張伯，你快回家休息，我過幾天再過來買，謝謝妳，娜娜……。

娜娜左看右看，發現沒有人在後面跟蹤，便上樓，志祥怕我住這會不安全，月底搬家，還是小心一點，注意壞人……，這蔥油餅明天帶去公司請大家吃。

坐在客廳看著新聞，吃著蔥油餅……。

明天告訴志祥要幫助蔥油餅張伯，固定每週買餅，這樣老伯就有固定的收入來源，可以付房租吃飯⋯⋯。

　　善良的娜娜，拿了一百份蔥油餅來公司⋯⋯

　　娜娜，先在會議室稍等，阿美這餅給妳吃，陸董等一下到。

　　娜娜吃著蔥油餅，津津有味，會議室空氣中散發著陣陣蔥花香味⋯⋯。

　　妳在吃什麼這麼香？陸董，我帶了一百片蔥油餅請同事吃，我嚐一片，不錯挺好吃的，在哪買的？在我家樓下，一位老伯在賣的，他很可憐，一個人推著小車在賣這個餅，無子女依靠，昨晚看完電影回家，看到老伯還在賣，深夜了，我問他，他說賣完才回家，所以我昨晚買了一百片愛心蔥油餅⋯⋯，志祥吃著，真的很好

吃，娜娜，我就喜歡妳這一點，善良，樂於助人。志祥，我們幫助這位老伯好嗎？做做善事，當然，一定要做善事，娜娜這樣可以嗎？公司每周一、三、五各買五百片蔥油餅，當員工下午茶點心吃，一週有一千五百片，一個月就有六千片蔥油餅，一片蔥油餅賣二十元，六千片×二十元＝十二萬元收入，這個收入這位老伯就可以生活了，可行嗎？

可以，太好了，娜娜衝上前抱住志祥猛親，謝謝大善人志祥……這位女士，請控制一下自己的情緒，志祥小聲的向娜娜說，要親晚上回家親，隨即叫來丁秘書。

丁秘書，董事長，交待妳一件事情……。

娜娜這裡有一位需要幫助的老先生，孤苦無依，一個人生活在賣蔥油餅，公司要開始做愛心公益，即日

起，每週一、三、五下午三到三點半為公司下午茶時間，去向蔥油餅老伯買餅，每次五百片的餅，細節丁秘書再與娜娜詢問，是，老闆，妳先出去忙……。

謝謝善良的超人先生……

報告陸董，現在面膜的進度如下：昨天已與夏威夷琳達確認，關於在威基基購物中心的店址，琳達已先代為租下來了，因房東說，不馬上租，就會租給其他企業，故只能馬上承租，會與房東洽談裝潢工期，四十五天不收租金。

品牌代言人的部份，代言人 Marllie 已把三圍尺寸給我，會開始發包造型師，製作人魚裝，造型是淺藍色的，近日會洽談攝影團隊，下個月十號去夏威夷拍代言人廣告，相片出來後，就可以做廣告文宣……。

娜娜表現很好，執行能力很強……。

目前公司面膜的進度，志祥說著……

美人膜面膜，目前已在生產，面膜具有豐潤保濕美白除黑，撫紋緊緻的優點，適合各年齡層使用。尤其在夏威夷炎熱的天氣，女生玩水後，更要好好保養自己漂亮的臉……，等代言人相片出來後，再貼在外包裝上……。

娜娜再來寫廣告文宣，可以，我來做。

妳的辦公室我已經安排好了，這是妳的新名片：品牌總監，名片用完就去找丁秘書再印，我帶妳去……。

員工面前記得叫我陸董，當然，不然叫志祥喔！這不就穿幫了。

就這一間，就在我辦公室旁邊，有什麼事就直接過

來，可以討論……。

是的，董事長……

明天開始就可以進來辦公。

夏威夷公司註冊，琳達說，等我們去再來註冊。

員工店員也是下個月再招。

整間店的裝潢風格，下個月在夏威夷開會討論，夏威夷有設計師，可以承接項目。

桌上的電腦是妳專用的，新的筆記本，公司送妳的。

有缺的文具或缺什麼，妳就交待丁秘書，這是妳的員工識別證及出入門禁卡，我先去忙開會了，謝謝董事長。

志祥差點笑了出來，這娜娜真會演，可以得金馬獎新人獎了。

坐在椅子上的娜娜，獨立辦公室，看著名片，品牌總監，三個月前我才月薪二萬多，做著很辛苦的工作，而現在……人生時時有驚喜，人生無常，珍惜現在，打電話約攝影師、造型師來開會。娜娜約了製作團隊，明天下午三點來公司開會討論……。

　　今天要告訴蔥油餅張伯，買餅的事，再請丁秘書派一位同事來與張伯碰個面，方便一、三、五中午來拿餅，再送回公司供同事下午茶食用……。

　　娜娜告訴了丁秘書，下班後可以派人來找她，帶他去找蔥油餅張伯，丁秘書已安排了福利委員會部門小鄭會來找娜娜，娜娜心想在這也沒什麼事情，先離開公司好了，家裡還沒打包完……。

正在家打包的娜娜……鈴鈴鈴……，喂，請問是娜娜姐嗎？我就是，你哪位？

　　娜姐好，我是公司小鄭，丁秘書交待我，下班後來找娜姐，關於買蔥油餅的事，小鄭，我們約六點半在動物園捷運站出口集合，好的，娜姐……。

　　六點半一到，娜娜在捷運出口等。這位小鄭我沒見過他，如何認？還是我站在出口處等他來認出我好了，捷運到站人潮出站，站在這麼高的地方，大家都看得到我，比較好認。娜姐好，我是小鄭，我還怕你找不到我，娜姐這我公司名片，我在福利委員會，因為我沒見過小鄭，娜姐，全公司員工大家都認識妳，我剛來公司上班，可惜沒有參加公司夏威夷員工旅遊。

　　去過的同事都說一輩子難忘，非常好玩的旅遊……

　　小鄭你好好在公司上班，做滿一年就可以去夏威夷

玩了……

　　娜娜帶著小鄭來到娜娜的機車旁……

　　安全帽給你，上車，去找張伯買蔥油餅……

　　娜娜騎著機車，載著小鄭，一分鐘車程，來到巷子口。到了，小鄭，你有記得路怎麼走嗎？我記住了，娜姐，下次我會騎我的機車來這裡拿餅。

　　張伯，娜娜，張伯今天生意好嗎？馬馬虎虎。

　　張伯，買四片，這八十元給您，不用，我請妳，妳昨天一次買了三千元的餅，照顧我這個老人家的生意，我真的很謝謝妳幫助我，這四片我請妳吃，張伯堅持不收，說請客就是請客，謝謝張伯請客，來，趁熱吃。

　　小鄭來兩片給你，加點辣椒醬，太好吃了，我們先吃，吃完再說，娜娜與小鄭站在張伯蔥油餅前吃著蔥油

餅，約莫十五分鐘只有一人來買餅。小鄭，這個老爺爺需要大家幫忙，所以我才告訴公司陸董一起幫助張伯，娜姐，等一下我來拍照打卡，號召更多的年青人來買餅，我可以號召群友來買……。

張伯，這是我公司同事小鄭，我已告訴我們公司老闆，每一個禮拜的一、三、五中午一點半會來買五百片蔥油餅，公司的員工要吃，因為很好吃。小鄭拿了一萬元給娜娜，娜姐，這一萬元是明天的餅錢，丁秘書說陸董交待的，一律先付錢給老爺爺，張伯這一萬元先拿好，明天這位小鄭一點三十分會來拿五百片蔥油餅，張伯從娜娜的手中拿著一萬元，淚流滿面，你們公司是因為我的餅好吃才來買餅的，對的張伯，手藝太好，料多實在，比其他人做的還好吃，小鄭對吧！娜娜踢一下小鄭的腳……，對對對，爺爺做的餅真的很好吃，小鄭拍

照打卡，上傳號召大家買餅，地點要寫好，動物園站一出站，往後走二分鐘，第一個巷口，就會看到張伯的蔥油餅小攤子。

好的，娜姐，馬上拍，可以與爺爺一起，娜姐手拿餅與爺爺入鏡，我多拍幾個畫面，馬上上傳……。

娜娜看著鍋子上大約還有三十多片蔥油餅，拿了一千元給小鄭，叫小鄭把這全買了，把餅帶回家吃，娜姐請客，我知道娜姐要幫爺爺，我明白怎麼做了。

張爺爺，您做的餅太好吃了，我要買回去給我家人吃，這些餅我全買了，小鄭，你要全買，我請你家人吃，不用錢，不行，老爺爺，這有三十六片，我全買了，這一千元您收下來，娜娜也在一旁說著，就是太好吃，小鄭全買了。好，我包起來，謝謝你！小伙子，張伯包了三十六片蔥油餅給小鄭，收你一千元，這錢找給你，不

用找了，爺爺……。

爺爺，我與小鄭先走了，明天下午一點半，小鄭再來拿餅五百份。

張伯流著淚，看著他們的背影，心中感恩……

剛剛小鄭上傳的 FB、IG、LINE 社群，很快的有很多的善心人士在小鄭的社群留言，要去幫助老爺爺……。

隔日一早九點已在公司上班的娜娜……

小鄭來找娜娜，娜姐，是小鄭，進來坐。

娜姐，昨晚上傳的在動物園賣餅的老爺爺張伯，有非常多的人要去買餅，妳看一下我手機，有許多人留言，這樣很好，可以幫到老爺爺，生意會比較好，你今天一點半要過去拿，是的，今天公司下午茶三點開始，

餅三點前到還是熱的。

　　娜姐，丁秘書提前一天都會給我餅錢，我都會提前給張伯送過去，隔日下午拿餅，好的，謝謝小鄭……。

　　娜姐，我先去忙了……

　　娜娜正在做著美人膜面膜的進度表，以及構思宣傳用語……

　　娜姐，阿美，妳找我，娜姐，我的堂姐這個月月底想在夏威夷辦婚禮，雙方親友大約有八十人左右，娜姐與夏威夷的旅行社很熟，可以安排這一次的婚禮行程嗎？當然，可以。阿美，別忘了，我現在還有另一個身份，是導遊，妳姊這邊的窗口是誰？是我負責，阿美月底也會去夏威夷？會去，我還要當伴娘，好，妳手機號碼給我，我現在馬上連絡，妳們大約要去幾天？

　　九天七夜行程，我連絡好後，夏威夷這邊的負責人

會與妳連絡，謝謝娜姐幫忙，我等一下馬上再告訴妳。

太棒了，有八十位左右的客人，要去夏威夷，這是大單子，現在馬上去電琳達姐，生意來了。

琳達姐，阿囉哈，娜娜，琳達姐，我這有八十多位月底去夏威夷，九天七夜行程，太棒了，歡樂又有生意了。娜娜，我會留業務項目獎金給妳，妳決定就好，歡樂台北現在有分公司嗎？現在還沒有設分公司，只有合作的旅行社，台北的旅行社會把團客排給我夏威夷公司負責，明白。妳與陸董還好吧！現在我們已在忙美人膜開店的事，娜娜，這個月底團妳會來嗎？琳達姐，我不行去，要先弄美人膜，我現在給琳達姐窗口電話，找阿美，她負責這個八十人夏威夷婚禮行程，行程內容及費用與她聊就可以，明白了，謝謝娜娜帶來生意，我現在

打電話找這位阿美，拜拜，娜娜。

　　阿美，等一下夏威夷歡樂旅遊公司老闆琳達姐會打電話給妳，確定夏威夷行程。

　　感謝娜娜姐幫忙。

　　不客氣，阿美。

　　小鄭一點三十分從公司準時出發，兩點來到張伯攤位，哇！已經有人在排隊，張伯，我來拿五百片蔥油餅，小鄭，已經準備好了，都在這裡，還是熱的，你一個人拿得動嗎？可以的，張伯。

　　小鄭把五百片餅放在機車踏板上，有箱子裝保溫，張伯，這是後天的餅錢，先給您，您要收好，謝謝小鄭。

　　小鄭現場又拍了排隊人潮，張伯生意有起色就好，張伯，再見，後天我再來，慢走小鄭。

上傳了社群後，小鄭騎著機車回來了公司⋯⋯

丁秘書，五百片餅來了，這餅由你們福利委員會來分發。福利委員會公告，下午茶三點到三點半，三點請至櫃台處領取蔥油餅。同事們拿起了餅，個個吃了起來，公司這個福利真好，員工休息半小時，喝個茶，吃個餅，休息一下精神好，工作起來更順利，小鄭分發各主管蔥油餅，陸董、丁秘書、娜娜都吃了起來，這是一片有溫度的蔥油餅。

娜娜姐，有訪客，請帶進來我辦公室。

高導演好，妳好，娜娜好久不見了，妳現在在做化妝品？

對，這家公司是做化妝品的，我以前在當模特兒時，高導特別照顧我，我現在有能力了，也要照顧一下高

　　　　　　　　　　　　　阿囉哈！娜娜

導，人要懂得感恩。

謝謝妳娜娜，我在娛樂圈三十年了，看多了藝人紅了，卻不知感恩的非常多，而妳卻還記得多年前合作的廣告拍片，導演教導我很多，我到現在都還記得，並且用心去努力做好，工作時不要遲到，大家時間都很寶貴，答應別人的事，說了一定要做到，不要失信於人，人生很短，珍惜身邊的人，做一個充滿正能量的人，我以前教妳的，妳到現在還記得。必須記得，來，大家喝咖啡，請用。

娜娜，我來介紹一下，這位是造型師：茱迪，負責人魚裝，這位梳化師：CC，她們都是與我一樣，都是電影人，是我的製作團隊，歡迎各位老師加入。

高導，這次的項目是這樣，向各位報告一下。公司

近期會出品新品牌面膜，已經找了夏威夷目前最紅的名模 Marllie 當品牌廣告代言人，這是相片及個人資料，高導看一下，也請造型師留著參考，人魚裝的材質，需要有防水性，以淺藍色為主，鱗片可以有金黃色邊，由茱迪老師來發揮，我尊重專業。

在拍攝平面及影片部份，地點在夏威夷威基基海灘拍攝，平面及 CF，產品是面膜。

面膜的主題是：美人專用面膜「美人膜」越用越美，宣傳語已經定下來了，在藝術呈現的方式由高導負責。

在代言人的梳化部份由 CC 老師負責。

大家有什麼問題，可以現場討論⋯⋯。

Marllie 會潛水嗎？會，我會在水裡拍攝她穿人魚裝游泳的鏡頭，所以造型在製作尾巴時，是可以游泳的材質，這個可以做，沒問題。

在下個月十號飛夏威夷，會待九天七夜，七號前人魚裝需做出來試裝。

娜娜，團隊這裡已沒有問題了。

各位老師如果有任何問題，可以隨時討論，明天可以快遞護照來這裡，我安排行程。導演，團隊大約幾位去夏威夷？導演問著現場製作團隊人員。

製作部：我、攝影師一位，照相師一位，助理一位，共四位。

造型：茱迪，助理一位，共兩位。

梳化：CC，助理一位，共兩位。

這次夏威夷外景人員一共為八位。

高導製作費用，您算一下再告訴我，好的，謝謝娜娜給我項目。

來大家別客氣，吃個蔥油餅，剛剛才買的，趁熱吃。

娜娜送高導一行人進電梯。

再見高導，再見娜娜，我們隨時連絡進度。

夏威夷琳達來電……

娜娜，琳達姐，娜娜，已經與阿美討論完，已經訂下來二十八號出發夏威夷九天七夜，一共八十五人，費用每人柒萬五千元，含行程，結婚禮堂平均下來的費用，明天阿美會先支付訂金，我在台北合作的旅行社會開始收護照，目前的進度，出發前八天，會支付全部金額費用。費用入帳後，佣金會馬上匯入娜娜的私人帳戶，沒關係，佣金琳達姐留著，不行，佣金會匯給妳，我堅持娜娜，做生意一定要互利才能長久，對的人一起賺錢，明白琳達姐的心意，這收佣金獎金與 A 錢是兩回事，我自己就是老闆，又是導遊，當然可以拿這筆業務

獎金，以後可以多跑這種旅遊項目，多一份收入，聽琳達姐的，一起賺錢……。

接下來只剩盯人魚裝及面膜進度，下個月十號要帶夏威夷製作團隊，自己帶團，月底還要搬家……。

微信來信，是志祥，娜娜，今天下班後來淡水。

娜娜回信，我還在公司，預計六點半左右離開公司出發去淡水。

下班後，娜娜騎著自己的交通工具一二五 CC 機車……

從台北騎到淡水，……志祥家冰箱還有菜嗎？去家樂福買晚餐好了，機車停好進大賣場，今天要吃什麼？

來做義大利麵，再買一隻烤雞，買一些水果，晚餐就吃這個。

回到家，志祥還沒到家，娜娜開始在做雞肉義大利麵⋯⋯。

　　先通知志祥我在家做晚餐⋯⋯，先把配料弄好，等志祥回來再下麵，現在下麵一下子就糊了，不好吃。

　　先喝個果汁，坐在陽台看淡水夜景等志祥⋯⋯。

　　鈴鈴鈴⋯⋯是阿美。娜娜姐，謝謝，我與琳達姐已經都確定好了，月底的夏威夷婚禮行程，等我夏威夷回來買禮物送妳，祝妳姐新婚快樂，有幫到妳就好，不要破費送我禮物，姐姐意思意思送個禮物就好，感謝妳！好，阿美我收，留做紀念。

　　志祥回來了⋯⋯

　　回來了，妳還比我先到家，我晚餐都準備好了，吃

雞肉義大利麵，我配料都弄好了，只等你回來下麵，真是好手藝。我公事包放一下，等一下來幫妳下麵條，不用不用，妳休息當大爺就好，我來做。

你休息，娜娜下麵，麵撈起放入配料，攪拌，雞肉是雞胸肉，我用成一小片，再放一些磨菇、玉米粒、四季豆、蔬菜……，OK了，這是什錦蔬菜雞肉義大利麵。

開飯了，洗手上桌吃飯。

外面吃不到的創意義大利麵，我吃看看，真會煮，以後我們就天天回家吃晚餐，娜娜真是賢慧。

娜娜今天在公司忙什麼？已經把代言人拍攝的部份，今天製作團隊都開完會了，人魚裝已發包製作中，下個月十號出發夏威夷，十二號拍攝美人膜廣告，琳達都已安排OK，相片出來就可以做廣告文宣及商品肖像。

效率真快，今日事今日畢，做事別拖，娜娜，公司

員工處事積極性有妳四分之一就好，現在的員工不能罵，妳罵她，她就哭給妳看，或當場就辭職不幹，能力不足又不愛學習，有許多人上了三個月班後就不來了。

好員工不好找，肯上進，又肯學習，執行力強的員工在這一行業很缺。

娜娜，加油！我看好妳的能力。

後天成品會出來，到時候再來試用，好，我先來試試。

志祥，跟你說一件事！什麼事妳說，公司櫃台阿美，堂姐月底有雙方親友八十五人要去夏威夷九天，堂姐結婚，我安排了這個行程已給琳達接單了。

很好，幫助同事，可是我在公司做這個真的沒關係嗎？

　　　　　　　　　　　　阿囉哈！娜娜

那有什麼關係，這是妳最專業的旅遊業，可是公司是化妝品業，沒事，妳都可以做，公司每年的員工國外旅遊，除了妳負責以外，公司員工，如果有需要也可以找妳安排。娜娜，我們已經是什麼關係了，妳還這麼客氣幹嘛！該賺的錢，妳一定要賺，知道嗎？我這不就是尊重你，才主動告訴你這件事，我知道，親愛的，吃麵。

　　娜娜，妳的行李打包得如何？差不多了，二十九號搬家。

　　東西很多嗎？不多，丟掉的還蠻多的，如果用我的休旅車裝，妳感覺大約需要跑幾趟？

　　兩趟應該就可以了。

　　那，用我的車，我們兩個一起搬。

　　志祥要幫我搬，妳東西又不多，不要叫搬家公司了？為了注重居家安全，嚴禁陌生人來到家裡，這裡是

我們兩個人的小天地，開始展開同居生活，二十九號週六休假日，我們可以在家吃完午飯從這裡出發去搬家，好的志祥。

我做的菜好吃嗎？非常好吃，那再來一盤……。

娜娜，妳有晚上去過漁人碼頭嗎？我沒去過。妳沒去過？吃完後我們去，就在附近，晚上夜遊就要騎機車才好玩，等一下騎機車去，我騎機車來的，就放在一樓。

我好久沒騎機車了，志祥從房間拿出一頂全罩式安全帽，吃完就去……。

倆人坐在機車上……

娜娜妳確定妳要載我？還是我載妳？志祥抱著娜娜緊緊的，有點懷疑娜娜的技術，我先載妳好了。

往前走，右轉，往老街方向，這個時間車子比較少，

平常上下班時間塞昏了，只有捷運進市區最方便，再往前走，望著海一路騎過去，看到大飯店就到了，前面就是了，機車放這，我們走過去……。

志祥牽著娜娜的手，漂亮吧！淡水漁人碼頭，看，都是船，橋上成雙成對情侶在散步，在自拍。

漁船旁，岸上有許多釣友正在釣魚，這裡是夜貓族最喜歡來這釣魚或看別人釣魚的地方。

這兒也是男女談戀愛的好地點，娜娜，我背妳去橋上，我很重吧！一點也不重，臉蛋漂亮，身材又好，志祥蹲著，我跳上來，妳準備，我跳了，三、二、一跳，好輕，一點也不重，真好不用走路，以後我們睡前就來這運動，流汗回去比較好入睡，我贊成，就用現在這種姿勢來運動健身。我現在四十八公斤，妳天天揹當健身，也不用花錢去健身房辦卡了，三個月下來，連腹肌

四塊都有了，我看行，今天先試試，明天正式開始。你累不累？要不要休息一下，不累，走到橋中央再下來休息。

加油！超人，快到了，剩十步……。

終於…到了…，呼呼呼……氣喘了吧！休息一下。

真漂亮，往外看是大海，往內看是船，淡水地標漁人碼頭，是觀光客必定來的景點，白天也是人很多，晚上則成為附近住家的最佳運動場，娜娜，明天我們再來，要帶兩瓶水來喝，我們散步走下去，下面有超商。

志祥你餓不餓，我有點餓，超商旁有賣四神湯、肉圓，吃一碗再回家，好，吃個宵夜，吃完再來減肥。

老闆，兩碗四神湯，兩碗肉圓。

淡水夜晚風有點涼……

妳冷不冷？娜娜，吃了熱熱的四神湯就不冷了，明天再來要穿外套，晚上風涼，這四神湯是女人美容保養食補用，補元氣，就像男人菜韭菜一樣，男人食補專用菜，一樣厲害有效。

　　娜娜戴上安全帽，妳坐我後面，我載妳，抱緊一點。

　　娜娜看著志祥，志祥你放心好了，我一定會抱得很緊，你的技術應該沒問題吧！

　　雖然我已很久沒騎機車，都是騎重機一千 CC 以上的，這種小棉羊機車，有什麼問題。志祥一催油上了九十，騎慢一點，太快了，我會怕，慢一點，你慢一點。

　　娜娜生氣得大聲斥責志祥，你騎到九十幾，在市區，不要命了，我們受傷怎麼辦？不小心撞到人怎麼辦？

　　志祥看到娜娜第一次生氣，連忙道歉，別生氣，我慢慢騎，安全最重要，遵守交通規則，娘娘請息怒，奴

才，下次不敢了。

　　一個堂堂集團董事長對一個女生如此低聲下氣，可見這份感情有在用心經營。

　　原諒你，下次騎慢一點，到家了，娘娘。

　　娜娜，我放熱水泡澡，淡水天氣很冷先洗個熱水澡，身體會比較舒服，給妳，喝水，妳不是口渴，你也喝。

　　志祥被罵了一頓，現在的時刻變成暖男一枚。

　　熱水好了，娜娜趕快來泡澡。

　　娜娜光著身子泡入泡泡浴中，身體真舒服，志祥看著娜娜，用毛巾給娜娜搓背，你要不要也進來泡，娜娜話還沒說完，志祥已在浴缸裡，買大浴缸是對的，我們兩個人泡在這，還可以翻身，泡泡澡流流汗，身體好，以後我們一起天天洗澡……。

阿囉哈！娜娜

娜娜知道男女朋友一起洗澡，是增進彼此感情最好的方式……。

　　好，我們一起洗，還可以互相搓背，省點水……。

　　哈哈哈，省點水，娜娜，很會過日子……。

　　志祥抱著娜娜上了床，身體光滑香氣襲人的娜娜，抱著志祥，很快的便進入夢鄉。

　　隔日一早，志祥做著早餐。做好後，進房叫娜娜起床，卻叫不醒，一摸額頭，哇！這麼燙，該不會是昨天晚上機車夜遊時吹風感冒了，娜娜，妳是不是很難過，身體不舒服？

　　志祥，我頭昏，好冷，感冒了。

　　我給妳穿衣服，我們現在馬上去醫院。

　　志祥為娜娜穿上了運動服，抱著她下樓，上了自己

的車，去了醫院，掛急診。志祥我怕打針，志祥抓著娜娜的手，不怕，我在這，妳不要看針，深吸呼。

當娜娜深呼吸時，熟練的護理師一針就打了下去。

……皺著眉頭的娜娜，真痛，病人先在這躺著，打完這一瓶點滴後，再視狀況出院，謝謝醫生。

志祥摸著娜娜的額頭，還是很燙，志祥脫去外套，蓋在娜娜身上，娜娜，妳先睡，我在這陪妳，吃了藥的娜娜，很快就睡著了，手還一直緊緊握著志祥的手。

志祥看著娜娜熟睡中的臉，看著點滴越來越少，護士小姐，點滴快沒了，護理師用溫度計量了娜娜的耳朵溫度，退燒了，先生，小姐可以出院回家休息了，謝謝！

先生，小姐回家後要記得三餐吃藥，多喝水，多休息。

回到家的娜娜……

志祥抱著娜娜躺在床上，餓不餓，餓！我去煮稀飯，還是再睡一下，醒來後再吃。

志祥，我再睡一下好了，娜娜身體快好，快休息，有氣無力頭暈的娜娜繼續睡著，等退燒……。

志祥在客廳用手機通知丁秘書……

丁秘書，是，董事長，今天公司所有的部門會議，我不參加，由各部門主管主持，我明天下午三點與主管開會，是，董事長。

志祥交待完公事後，坐在客廳。從公事包拿出公司各部門業績表看著，公司目前正在賣的淋浴乳成長維持平穩，新品牌美人膜面膜要趕快推出，創業金一百萬美金已準備到位，娜娜十號到夏威夷，我二十號到，二十號到，一百萬就進來，開始動起來……。

住在淡水的優點就是夏天最好，太陽溫暖，人潮多，熱鬧，但是到了冬天，天氣卻是北部最冷的，晚上風更大，等娜娜病好，帶她去百貨公司買個幾件外套，不要再感冒受涼，騎機車也真是危險。

　　娜娜天天騎機車上下班，下雨怎麼辦？會不會淋濕身體又感冒，馬路上車多，騎機車真是太危險了。

　　買一台汽車給娜娜好了，比較安全。

　　志祥看著娜娜，怕吵醒而不說一語，只靜靜地看著。

　　娜娜睡了一天，到了傍晚，醒來了……

　　娜娜，頭還會暈嗎？我好多了，志祥。

　　志祥拿著溫度計量了體溫，正常了，退燒了，打一針這麼大針，當然會比較快，好痛。

　　志祥，我好餓，好，我馬上去煮稀飯。

　　清粥配小菜，再加上花瓜，就是病人最佳食物

……。

　　娜娜，起來吃稀飯，來，我扶妳下床，小心，慢慢走，吃完飯，精神就會比較好，體力恢復快，很燙慢慢吃，我先吃一下，看燙不燙，等涼一點再吃。

　　娜娜看著志祥，謝謝志祥，照顧我一天，你沒有去上班，最愛的人生病了，上什麼班，當然要細心照顧。

　　娜娜甜蜜得　臉笑容，來，吃一口菜……。

　　下次如果再去淡水夜遊，我們就開車去，淡水晚上比較冷，就是因為騎機車，又沒穿外套，所以著涼了。

　　我們休息個幾天身體就好了。

　　娜娜流著淚，吃著充滿愛的溫暖稀飯……

　　有男朋友真是好。

　　身體復原很快的娜娜，又像神力女超人般的努力工

作……

　　在辦公室的娜娜，已經把美人膜面膜的廣告文宣主題標語準備好了，接下來就等面膜樣品，試用美容美白緊膚的功能性。

　　娜娜看著筆記本，明天二十八號，阿美八十五人去夏威夷，二十九號我搬家去淡水，三十號高導來公司開廣告製作進度會議，今天面膜會到……。

　　志祥來微信：親愛的，中午好好的吃飯，下午美人膜樣品會到公司，我正在工廠看產品。

　　真期待美人膜產品問世出品，造福廣大愛美的女性同胞，連平常沒在用面膜的我，也在等待著，第一位使用美人膜面膜的大美女，越用越美，品牌廣告宣傳的文宣，一定會吸引更多女人一直購買美人膜，除了最基本面膜的功能性以外，又多一份心裡的自信心，給予女性

愛美的天性，使用了美人膜，就會越來越美，越有桃花運，越討男人的喜歡。

外觀可以用桃紅色的外包裝。

可以用正方型禮盒式來做，外面綁上蝴蝶結……。

時尚年輕設計感，盒子還可以裝女性私密用品，一定受愛美流行的女生喜歡。

娜姐，阿美，娜姐，我明天要去夏威夷了，妳好好的去玩，記得帶比基尼去玩水，娜姐，我要去買中午便當，妳要吃什麼？我請妳，娜娜拿了一百元給阿美，麻煩幫我買排骨便當，我請你娜姐，阿美不拿錢，便跑去買，阿美給妳錢又不拿……謝了……。

娜娜泡著一杯熱咖啡，坐在椅子上。同事們都外出吃飯了，公司與其他公司不同，中午吃飯時間是十二點

到兩點，這個福利受到全體員工的支持，住在公司附近的同事，有的人便回家吃飯，員工休息時間長，自然工作效率高。

這一點志祥做得不錯，難怪志祥說，公司最近業績提升上去了，當公司一再要求員工賣力工作，創造公司利潤時，又有多少公司會真正給予員工福利加薪。

公司最大的資產就是好員工，沒有優秀認真工作的員工，努力打拚的員工，公司不會有很好的條件持續的發展壯大下去……。

娜姐，便當來了，謝謝阿美……

吃了元氣便當，娜娜的精神又回來了。

下午兩點，公司員工又開始忙著自己的份內工作，而娜娜正在與琳達姐聊著近況。琳達姐正在夏威夷店面

用影片拍著現場給娜娜看。中間隔間要打掉，廁所需翻新，天花板很重要，產品陳列區域及收銀台位置，等妳們下個月來，我找設計師一起來現場看怎麼設計，好的，琳達姐，今天二十七號了，我十號到。

外景隊都準備就位，已告知 Marllie、瑪麗姐，十二號拍攝廣告，阿美八十五人婚禮行程，我這裡已安排 OK，明天我會去接機，已經租了大教堂，阿美的旅遊款費用已全部收到，獎金我已經匯到妳的帳戶。

謝謝琳達姐，美人膜今天會開始試用，今天產品出來，太棒了，記得先幫我留幾包，下個月帶過來。

我要趕快補救我這張天天被夏威夷太陽傷害的臉，趕快恢復我二十歲時的青春容貌……。

志祥回到了公司，帶著剛出爐的美人膜成品……

丁秘書，請娜娜來我的辦公室，是，董事長。

娜娜，董事長請妳去辦公室，面膜到了。

董事長，娜娜，坐，這是剛出來的成品，接下來要開始試用。負責品牌一定要深入了解品牌產品的特性、優點及缺點，不好的地方趕快改進，這個面膜，整個臉包覆起來，膠原蛋白濃縮成份量很多，迅速緊緻肌膚，美容美白，妳現在試一試！

娜娜拿著素面的外包裝，拆開了面膜，拿出來精準的貼在自己的小臉上，冰冰涼涼滑滑的，散發著陣陣檸檬香味。

公司會先出主打這一款檸檬味的，第二款會出草莓味，文宣主題不變：主打美麗，外觀包裝我建議年輕化，可先用桃花色系，把面膜當糖果、當珠寶來設計包裝外盒，消費者用完了面膜，包裝盒可以留下來放女性私密

　　　　　　　　　　　　　　　阿囉哈！娜娜

用品，不用一般用完即丟外盒，非常浪費。

這個點子不錯我想可以用，可以當女性私密用品收納盒。

新產品上市後，會採線上線下銷售，線上會與亞馬遜及天貓合作，線下店先開在夏威夷第一家店試營運，開始做品牌。

先在夏威夷，接下來在台北開第二家，第三家在北京，第四家在香港，第五家在日本，我都已經在想下一步了，這面膜市場很巨大，又是女人必需品、消耗品。

娜娜，這六盒妳拿回去用，一盒有十片美人膜，等下個月代言人肖像回來，就可以大量生產。

夏威夷店開一個月後，台北微風百貨的店也要準備開張。已與廖董開過會，他非常有興趣，台北店會與微風一起合作，共同出資各佔股五十一％、四十九％比

例，我方是五十一％。

一起做市場，台北店一進微風，就已經成功一半了……。

微風客群與美人膜一致，都是為愛美女士服務。

夏威夷店開幕，我會邀請一些朋友來剪彩。

琳達找了裝潢設計師，等下個月到夏威夷店討論出開店風格後，裝潢一個月就可以開店了。

所以產品要提前報關出貨到夏威夷，這個部份我先叫丁秘書負責，她爸就是做報關行的，公司人才很多，缺什麼，來什麼……。

娜娜妳感冒全好了，全部好了，今天又吃了我最喜歡的排骨便當，阿美請的，她明天去夏威夷當伴娘。

娜娜，妳身份證給我，我去給妳辦了一張微風貴賓

　　　　　　　　　　　阿囉哈！娜娜

卡，太好了，我常去買東西，去逛街太需要了，給妳。

妳先去忙，娜娜，這六盒美人膜帶回去。

拿到了娜娜身份證的志祥，開著雙門賓利一個人去看車。

娜娜合適開什麼車？賓士、寶馬、富豪……

志祥一一去了展示間，看了三款最新的車型，覺得富豪 XC60 很適合，安全、氣派，買白色的送娜娜。

志祥告訴業務員，買這台最新款的 XC60，要白色的。

志祥拿出娜娜身份證，車主登記這位女士。

志祥付了車款，陸先生，車到後，會通知您來交車……。

志祥訂完車後，又去了微風百貨，挑選了蒂芙尼珠

寶，一克拉鑽石戒指，辦好了，娜娜的貴賓卡……。

娜娜下班後，回到位於動物園站的出租房……

明天早上要搬家了，今天要全部打包完，娜娜妳在哪裡？今天要來淡水嗎？我正在家裡打包行李，明天要搬來淡水。

志祥你明天早上十點開車過來搬家，娜娜我現在就過來妳家，我們一起打包，娜娜心想，也好，志祥來當苦力，幫忙丟垃圾。

我現在過來，馬上就到……

這包真是太重了，等志祥來搬，這些舊的東西不能用的，全丟掉不用了。舊的不去新的不來，雖然我很念舊，但東西舊了、壞了，沒什麼用，又不具紀念價值，全扔了，住在這間房子有太多不好的回憶，要開始在淡

水展開新的人生、新的生活。

　　重新洗牌，不對的朋友，欠錢不還我的朋友，錢不用還了，你們都拿去吃藥吧！我要開始結交正能量的朋友，互相支持，大家可以一起打拚事業的真心朋友。

　　我來了，娜娜，來得剛好，志祥，這一大袋垃圾要放到一樓角落，明早會有人來收，白天我是娜娜的老闆，現在娜娜是我的老闆，誰叫我喜歡妳呢！

　　好，我馬上搬下去一樓。

　　志祥，肚子餓嗎？有點餓，走，安全帽拿著，帶你去一個地方……。

　　娜娜騎著機車載著志祥，來到蔥油餅張伯的攤位前，張伯，喔！是娜娜，張伯，我要四張餅，好的，趁熱吃，來這二片給你志祥，加辣椒更好吃。

張伯，這位就是我的老闆，陸老闆，張伯一週一千五百片的蔥油餅就是他買的，就是你，幫忙我買餅，謝謝！謝謝老闆，幫助了我的生意，不客氣張伯，餅好吃就多買一點給公司員工吃。吃著餅的娜娜與志祥看著張伯說，這個時間還有五、六位客人來買餅當宵夜吃，張伯，我們先走了，祝您生意興隆……。

　　公司已買了一段時間的餅，張伯放心未來我們都會一直買，生意應該都會不錯的。

　　這餅真是好吃，以後妳搬來淡水就沒法天天吃到剛出鍋的餅了，沒關係，公司一週有三天下午茶吃得到，等有空時，再來這裡看張伯……。

　　今天晚上全部打包完成，走，回去淡水家，明天早上我們再來搬家……。

隔天一早，志祥已準備了早餐，等娜娜起床。

　　今天是週六，早上天氣真好，早餐都做完了，還在睡，感冒不是全好了，娜娜起床吃早餐，志祥摸娜娜的額頭，再摸自己的，正常，好啦！我起床了，早餐做好等妳一起吃，吃完去搬家，搬家搬家……。

　　倆人吃著早餐，今天週六，淡水一定又是很多人潮，尤其是淡水老街與漁人碼頭人最多，我們大約十點出發，開大台休旅車去搬。志祥，昨天已丟了一堆不要的，今天搬家走一趟就可以了，傢俱、床都是房東的，只搬衣物、私人物品，好，吃完休息一下就去。

　　倆人下了地下室 B2 停車場，車庫停了很多志祥的車，豐田休旅車及賓利汽車，好大台的休旅車，這台是平常代步車，空間大，上車，我們現在出發……。

捷運動物園站都是人，週六是親子日，全家遊玩也都是會來這看動物，娜娜也常常一個人去玩。

　　房東也到了，房東開始清點屋內狀況，打掃得很乾淨，沒有發生房東要求房客賠償的事情發生。

　　志祥上下跑了四趟，清走了所有娜娜的物品，娜娜回頭看了房子一眼，再見，舊回憶……。

　　一路回到淡水住家……

　　東西先放在客廳，休息一下，喝個水再來放……。

　　志祥，你先休息，我先把東西放進房間，娜娜，晚上妳要過來我房間一起睡，還是在妳自己的房間睡都可以，我的房門不會關，我的也不會關，好，晚上再摸黑去騷擾妳。

　　娜娜把衣服一件件整齊的掛在衣櫃裡……。

哇，我的內褲竟然有快六十件，真是太愛買，很多都是新的，還沒穿過，裝滿了兩個抽屜，私人物品放這格，衛生棉放這格……，娜娜喜歡整潔乾淨，物品排放有序不亂放，需要使用時，才能馬上拿到。

志祥進房看著娜娜在整理。娜娜，整理完後，看缺什麼，用筆寫起來，等一下我們馬上去買。

娜娜寫著缺：床單被套、牙膏、牙刷……，去大賣場看，需要用的馬上就買。再買一套內衣吧！

志祥，我整理好了，走吧！大賣場購物，也買午餐回來吃，下午三點，午餐都還沒吃。

買回來直接吃晚餐了……。

娜娜正式與志祥展開同居生活的第一天……

娜娜，明天週日，我們去野柳玩，去看女王頭，再

去富基漁港吃海鮮，再買一些新鮮螃蟹、蝦子回來冰凍著，在家想吃隨時可以煮來吃，明天是海鮮美食一日遊，我最喜歡吃海鮮，娜娜說著。

晚上倆人一起泡著澡，洗完澡後……

娜娜穿上剛買的大紅色蕾絲透明內衣，與志祥在房間裡，一整晚倆人沒出房門。

到了隔天，早上，娜娜起床做早餐……。

志祥起床洗澡……

娜娜做著早餐……

倆人吃著早餐，娜娜，妳這套內衣真漂亮，昨天大賣場買的，二九九元一套，穿在妳身上就像是義大利名牌二九九九九元一套，吃飽了，我等妳換完衣服就可以出發了。

志祥開著賓利帶著娜娜玩了北海岸，買了一堆海鮮回家，冰箱都塞滿螃蟹……。

　　三號下午高導與造型師來公司開會……

　　娜娜，這是人魚裝，看一下，尺寸針對代言人設計很貼身，防水性佳，我已安排明天早上會去游泳池試裝，找來了與代言人身材一樣的女游泳教練，來試人魚裝。看娜娜明早是否有空可以來現場看，如果沒空，就看手機視訊，明早幾點，早上十一點，我在公司處理事情，高導，明天用視訊好了，品質把關就由導演負責，拍片內容就是上次開會所說的一樣，主題不變，高導是專業，我相信專業，由導演發揮創意來執行……。

　　導演，我們所有製作團隊人員，在十號早上十一點整在二航站出境站，長榮櫃台集合。

我八號會收大家護照，以免十號有人忘記帶護照去機場，耽誤行程，導演，我八號向您收所有人護照，好的娜娜，那我們先走了，明天早上十一點手機視訊看試裝。

　　娜娜送導演進了電梯，導演再見。

　　阿美從夏威夷回來台北……

　　娜娜姐，這是我從夏威夷買的 LV 太陽眼鏡送妳，婚禮圓滿順利完成。

　　阿美，太客氣了，太浪費錢了，LV 很貴的，夜市的眼鏡九十九元的就可以了，這一副不便宜，五百元美金以上吧？

　　娜娜姐，禮輕情意重，多少錢沒關係，重要的是妳喜歡。我喜歡，妳看戴在我臉上很合適，謝謝阿美。

　　　　　　　　　　　　　　　　　　　阿囉哈！娜娜

妳剛回來，我十號要去夏威夷出差，忙公司的品牌，公司要出面膜新品牌，要去夏威夷拍 CF 廣告片。

很快台北就會開專賣店了，到時候店開了，號召大家去買。

娜娜，我已叫助手送所有人的護照去公司了，妳馬上會收到，製作部門已全部準備好了，我們十號見，收到護照後來信說一聲，好的導演。

高導效率也很快，執行能力強，與這種人合作項目最好，合作起來最愉快，娜娜姐外找，是高導助手。

娜姐好，我是小朱，高導叫我送護照來，娜娜看了所有護照對了一遍，對沒錯，謝謝，等一下，娜娜叫住了小朱，從公司冰箱拿了三十瓶冰可樂及桌上的熱蔥油餅三十片，拿回去給高導，你們工作人員大家吃，謝謝

娜姐，再見小朱。

正在創作拍攝廣告腳本的高導……

小朱拿著兩袋可樂及餅回來工作室。導演，這些可樂還有餅是娜姐請客的，這個娜娜真是夠意思，很照顧我們娛樂圈的人，大家要記住，這位娜娜很挺我，大家以後只要看見她，都要稱呼她一聲娜姐，知道嗎？

是的，導演。

小朱發下去，大家喝可樂，吃蔥油餅。

九號晚，娜娜與志祥在淡水家……

娜娜傳了微信告知琳達明天夏威夷見……

琳達回信：會提前在機場等……

娜娜在房間整理行李，這次去夏威夷會長住了，需要準備很多衣服。

娜娜，妳明天幾點到機場，十一點前到，製作部全部十一點到，我傳微信給高導，明天別忘了，十一點集合。

　　明天一早司機九點半會送妳去機場，我二十號到，妳這次去要長住夏威夷，準備開店事宜，辛苦了，別累壞了。

　　志祥，你手機響……到了嗎？我下來……

　　娜娜，我下去一下，拿個東西，好。

　　原來是富豪汽車業務人員，專程開來志祥買的白色富豪汽車。

　　已把新車停在 B2 停車位，業務代表用紅色蝴蝶結包裝了汽車成一件大禮物。

　　志祥上樓，娜娜，我們來玩個遊戲，什麼遊戲？

　　志祥用眼罩蓋住了娜娜的眼睛，不准看，我牽妳走。

娜娜心想，到底志祥要送什麼驚喜給我，該不會是要求婚吧？

　　會不會太快了，才同居沒幾天，上床次數兩隻手都數得出來。

　　志祥牽著娜娜走到了禮物面前……

　　志祥拿下娜娜的眼罩，娜娜看著這個大禮物，拉開蝴蝶結，娜娜……

　　娜娜一拉，禮物打開，哇！是一台汽車……

　　送妳娜娜，這是新款富豪 XC60。

　　娜娜抱住志祥就是親吻，謝謝這個禮物。太棒啦！

　　前幾天我們騎機車去淡水的漁人碼頭，回來妳感冒生病了，隔天我就去買這台車，以後妳就開這台車，騎機車太危險了，上車，娜娜拿著車匙發動了汽車，我太喜歡這台車，太美了，太棒了……。

當一陣驚喜快樂過後，娜娜仔細想想，對喔！我還沒有汽車駕照，不能開，明天也要去夏威夷長住了，忙開店，哭哭，我的小白。

志祥大笑，也對，娜娜，明天我開小白送妳去機場，等妳下次回台北，我們再去學開車，考駕照。娜娜熄火，坐在駕駛座，我好喜歡這個特別的禮物，謝謝你，志祥……。

拍照、拍照，志祥幫我拍照，我上傳 IG……。

娜娜，妳行李都打包好了，全好了。

今天要早點睡，七點起床吃早餐，九點半準時出發。

對，不能遲到，我要早到等所有工作人員，所有人護照都在我這。

好，早一點到，別遲到。

一早七點，志祥已在做早餐，志祥叫娜娜起床。

　　娜娜洗完澡後，與志祥吃著早餐⋯⋯

　　娜娜，到達夏威夷記得用微信告訴我妳到了，好的，娜娜妳不換衣服，我穿這樣就可以了，我送完妳去機場後，就開小白直接去公司了。志祥，我的小白就托你好好照顧，要常常幫它洗澡，保持乾淨，好，會好好保養的，走，出發去機場。

　　志祥開著小白，上高速公路，直奔機場，坐在副駕駛座的娜娜，感覺這車坐起來真舒服，這車很好開，等妳回來考駕照。

　　娜娜牽著志祥的手，好，等我回來。

　　車停入了機場停車場，志祥拿著行李上了推車與娜娜到了長榮櫃台，他們還沒到，志祥，你先去上班，我在這等他們來，好，到夏威夷通知我報平安，OK，我

二十號到。

　　娜娜抱著志祥，我到夏威夷微信你。

　　志祥開著小白，回到公司上班……。

　　提早半小時到的娜娜，告訴高導，已到達櫃台，高導回電告知，也已快到機場。

　　高導一行人到達櫃台，娜娜，全員到齊，導演，大家的行李排隊，我來辦登機。

　　行李進了托運帶，娜娜拿了所有人的登機證，發放護照，OK 了，大家可以進去了，進去接受檢查，到了登機口，大家坐著休息。

　　還有一小時才登機，大家如果要逛一逛，要早點回來。

　　小朱跟我去買飲料，給導演與大家喝，好的娜姐。

來，大家喝飲料，有咖啡可以提神。

要坐九個多小時到達夏威夷，導演來一杯。

謝謝娜娜，我真需要咖啡提神。

娜娜看著自己的登機證，如果不提早告知琳達姐，她一定會安排我做頭等艙，與外景工作人員大家一起坐經濟艙，一起共事，順利的把片子拍完。

地勤廣播：飛往夏威夷的旅客，請依序登機，所有的工作人員，請大家準備登機。

娜娜與導演、小朱坐在一排，娜娜靠著窗戶，我準備了很多的零食、巧克力、花生米、豆干……，等一下大家再來吃，茱迪、CC坐在後座。

飛機起飛了，娜娜看著小朱一臉嚇得痛苦的表情，笑了起來，小朱別怕，坐飛機很安全的，起飛時比較會晃，飛上去雲層就不會了，娜娜姐，這是我第一次坐飛

機，你看導演多鎮定，都不怕，你與導演一起拍外景，荒郊野外、高山原野的跑，還怕坐飛機。

到了夏威夷，我還要安排大家去高空跳傘呢！那才叫做刺激，比坐飛機好玩多了。

娜姐，我把這個難得的機會讓給別人，我在平地上為大家拍照就好。

這時高導說話了，小朱也要跳傘，小朱膽子太小，小朱你如果是男人就去跳，去練膽子。

啊……啊……我……好，我跳，導演。

飛機飛上雲層上空……

空姐開始送餐，肚子餓得哇哇叫的大家，低著頭專心的吃著自己的餐盒，經濟艙與頭等艙的餐，真的是差很多，不過對娜娜來說，只要能吃飽就行，蔥油餅也可以。

想起大學剛畢業，找工作找了四個月才找到，還沒有工作時，一條吐司吃了七、八天。有男生請客吃飯，一律答應，管他是否有任何企圖，肚子餓時，戰勝了任何恐懼與害怕，當人們豐衣足食時，坊間還流行著養生法，三天不吃飯，排毒養生，吼⋯，三天不吃飯，不就餓一圈，不死也剩半條命，只喝水及流質豆奶，我還是覺得三餐均衡，對身體比較好⋯⋯。

　　導演你吃完了，這麼快，拍片時，時間都很趕，這一個場景換到另一個場景，吃飯都在十分鐘內就吃完了，吃這麼快不會消化不良，不會啊！這些年都是這樣吃的。

　　導演，電視上養生節目有播過，吃飯時要心情放鬆，慢慢吃，享受美食，要用細嚼方式吃飯，而不是用狼吞

　　　　　　　　　　　　　　　　阿囉哈！娜娜

式吃飯，吃飯時也不要站著吃，胃會下垂不利健康，是喔！是這樣嗎？

電視上說的，那以後我要趕快改變自己的吃飯方式。

空姐推著飲料車來了，就像是茶餐廳一般，推著服務旅客。

導演要了一杯熱茶喝著，工作人員吃了飯也開始要飲料。

九個多小時的飛行，在一個密閉空間，平均下來，每一位客人只佔一個小小的位子，連要站起來在走道上做個有氧健身操，都不是很容易的事，還好有準備最新的院線電影供客人觀看。

有的人選擇睡個覺，一覺到達目的地，像娜娜是咖啡喝多了，睡不著，而其他人則是第一次到夏威夷工作

而開心興奮的睡不著⋯⋯。

　　大家來玩二十一點好了，有撲克牌嗎？導演說著。

　　娜娜向空姐私下要了一副撲克牌，很久已經沒有主動送撲克牌這項福利了，導演你們玩，CC、小朱、茱迪加入了導演玩撲克行列，而娜娜正挑著電影來看，《神力女超人》再看一遍好了，督促自己別忘了，自己是神力女超人，要努力工作。

　　看著看著，娜娜竟然睡著了⋯⋯。

　　咖啡的提神功效漸漸消褪，娜娜的身體也開始放鬆，很快就進入夢鄉。

　　不知道睡了多久，娜娜起來看著所有人正熟睡中。

　　導演打呼得特別大聲，小朱不時磨牙著，倆人就像打擊樂團般的節奏，正在進行中。

　　許多人睡著的樣子真是特別⋯⋯的奇怪⋯⋯

　　　　　　　　　　　　　　　　　　阿囉哈！娜娜

娜娜趕快拿起手機記錄著，這特別的景像，一一為大家拍照留念，看著手上的手錶，距離到達夏威夷的時間，還要二個半小時……。

　　找周星馳的喜劇電影看一看，笑一笑。

　　《唐伯虎點秋香》，就這部經典之作。

　　總算到達檀香山機場，夏威夷到了……

　　趕快告訴琳達姐到了，娜娜拿起手機撥了過去。

　　琳達姐，我們到了，娜娜，我已在外面等著……

　　工作人員一行人推著自己的行李出關，看見了琳達姐。

　　琳達姐好久不見……，這是高導、茱迪、CC、小朱，都是外景工作人員，歡迎各位來到夏威夷，現在大家先上車去酒店，娜娜，我安排了凱悅，先放他們去凱悅，

然後再送妳回家。

到了凱悅酒店，琳達告訴團員，有二個多小時的休息時間，六點半一樓大堂集合吃晚餐。

高導，我們六點半見。

好，娜娜。

回到別墅的娜娜與琳達……

歡迎回家！娜娜，行李先放去房間。

娜娜看著客廳還是這麼乾淨，這是上次要回台北的前一天打掃的，可見夏威夷的天氣有多麼適合人居住。

琳達姐，這一陣子好嗎？

最近公司接了三團來自台北的八十五人，來自日本企業員工旅遊一八〇人，來自北京的企業公司旅行二七〇人，還有自由行、散客，夏威夷旅行是越來越火了。

娜娜，這是此次九天七夜行程，妳看一下。

工作人員他們住在凱悅，就在旁邊，五分鐘就到了，明天十一點先看景，威基基及試道具，需請 Marllie 來現場試一試人魚裝，拍個定裝照，早上十點來別墅集合。

第二天十一號看景。

第三天十二號拍廣告一天。

第四天十三號拍廣告一天。

第五天十四號休息一天。

第六天十五號白天 S 跳傘俱樂部，晚上自由行。

第七天十六號白天坐潛水艇，晚上看夏威夷文化秀。

第八天十七號白天恐龍灣，晚上自由行。

第九天十八號工作人員回台北。

琳達姐，這個行程可以，謝謝。

十九號之後他們回台北，我開始長住夏威夷，準備開店事宜，陸董二十號到。

琳達姐，陸董有與我說，一直老住在妳的別墅有點不好意思，他準備會在這附近買一間房子，作為自住也可以辦公。住在這兒沒關係，房子一直空著，這房子也是因為賺了一二〇人團費買的，等陸董來時再來研究一下。

等十九號送走他們，我們去看店，已租下來了。

十九號下午一點飛機飛台北，可以下午去看。

琳達姐，我先上樓，洗個澡，換個衣服。

我的房間茉莉花香還是這麼香。

娜娜洗完澡，換穿了夏威夷衫及短褲下樓。

琳達姐，快六點半了，我們慢慢散步過去。

好，走過去……。

高導外景隊一行人已在一樓大堂集合。

琳達帶著工作人員來到珍鮮海鮮……

美寶老闆，好久不見了，娜娜，阿囉哈！

真是好久不見，美寶抱著娜娜，倆人一陣寒喧。

這幾位都是從台北來的，這位是高導演，來夏威夷拍廣告，店生意好嗎？生意不錯，琳達的團都陸續帶來這，生意就起來了，大家都別站著，請坐。

導演，大家可以去用餐，這是夏威夷最棒的海鮮自助餐廳，盡量吃，不怕客人吃，就怕客人吃不夠，別客氣。

這是工作人員在夏威夷的第一餐，比飛機餐好上一百倍。

小朱像個餓死鬼投胎似的拿著第二盤堆高的食物，以我目測，可能有三十公分高，真是有才華，如何一層一層放上去的，娜娜仔細看著。

導演，這裡有各式的果汁及啤酒飲料，都可以拿。

好的娜娜，我工作前不喝酒，等拍完殺青後，再來喝殺青酒慶祝一下，茱迪、CC 及其他同事，大家盡量用……。

前面的海就是世界有名的威基基海灘，等吃完飯，我們全體外景隊開個前期製作會議。

一行人吃完海鮮後，琳達先行離去，其他人回到了酒店大堂……

一樓咖啡店，各自點了咖啡與茶……

導演，我來說明一下，這幾天的行程安排……

十一號明天早上十點威基基海灘試人魚裝，十點代言人 Marllie 會到試裝，需要全程拍攝影片試裝過程，攝影師也會全程拍。

十二點三十分午餐，在凱悅二樓用餐，二點三十分一樓咖啡店開影片拍攝會議，由高導說明拍片內容……。

娜娜說明行程：

十二號早上十點威基基海灘開始拍片。

十三號早上十點拍片，晚上殺青酒。

十四號休息一天，自由活動。

十五號白天 S 跳傘俱樂部，晚上自由活動。

十六號白天坐潛水艇，下午夏威夷文化秀。

十七號白天恐龍灣，晚上歡送餐會。

十八號回台北。

各位工作人員還有其他的問題嗎？如果沒有問題了，那就請大家好好的休息，明天早上十點一樓大堂集合。

　　導演明天見……

　　回到家的娜娜，傳了微信告訴琳達姐，明天早上十點 Marllie 要來凱悅酒店集合，要去試人魚裝定裝。

　　琳達很快回 OK，沒問題。

　　回到房間，娜娜打開行李箱，把帶來的衣物整理放進了衣櫃，這是我第二個家，兩百坪房，只有我一個人住，啊！忘了告訴志祥。

　　娜娜回了微信給志祥：祥，勿念，已平安在夏，明開始拍片……之後，便脫光了衣服，睡前泡澡。

習慣裸睡的娜娜，隔日一早七點起床裸泳後，吃著早餐，看著海，這是我最喜歡的生活方式：悠閒的步調。

娜娜九點五十分到達大堂，等待所有人集合。

導演早，娜娜早，我們等琳達與 Marllie。

來了，導演，這位 Marllie 是廣告代言人。

全員到齊，現在去看景試裝。

琳達帶大家走到威基基海灘……

導演看要在什麼地方拍，再往前走看看，這裡人太多了，前面沙灘人比較少，這裡可以，大家把器材、道具都放這，垃圾不准亂丟，全程禁菸。

小朱把洋傘弄起來，造型、梳化開始定妝……。

把人魚裝拿出來，攝影機架在這……。

導演，看一下妝，妝可以，頭髮全放下來，長長散

落在肩，著裝。Marllie 穿上了人魚裝，衣服非常合身，先拍照，到水中，Marllie 會游泳嗎？會，游看看，尾巴可不可動，Marllie 在水中就像是一條人魚般的游著，潛入水中，導演看著鏡頭，妝再補一下，娜娜在旁用手機拍著記錄現場。

導演問著 Marllie，在水中會不會游起來不會游，不會，可以，妳潛入水中，把魚尾巴在水上面拍打一下，我看，再一次，再一次，再一次……

對，這一次可以，Marllie 妳記住這個魚尾巴拍打的方式，好，導演，我記住。

攝影師在水底拍全身，人魚游泳鏡頭。

妳看一下剛剛拍的影片。

Marllie 專心看著，導演指導著，這個姿勢不對，

這個方式就對了，就是這個鏡頭。拍完魚尾巴後，妳的頭，慢慢從水中起來，到達胸部的位置，定格，娜娜，影片在這個位置時，會上面膜商品，後製上去，明白，導演，雖然看起來很快，這次拍攝要拍二天，造型、梳化記住今天的所有細節，明天正式拍片就按照今天的造型及妝。

收工，放飯，收道具……。

導演，拍完後先回飯店放設備。

我帶大家去吃飯，琳達說著。

Marllie 拍完定裝後，先行離開。

工作人員到了劇組指定餐廳，珍鮮海鮮用餐，早上十點拍，拍完都三點了，只是定裝而已。

還沒有正式開拍。

導演你們拍片真是辛苦，娜娜，這還算輕鬆的。

二天拍完一支廣告。

我曾拍一支汽車廣告，是吉普車，為了突出越野特性，在深山中拍了整整十天才拍完，客戶不怕花錢，只要有高品質的效果，拍了一支有劇情的影片，許多的影片需要視客戶的整體預算來為其商品量身訂製適合的內容，為商品加分，廣告推出後，才能夠迅速吸引消費者的目光，進而購買商品。

高導說得好，大家敬導演，預祝明天拍片順利，也謝謝娜娜給我這麼好的項目，來夏威夷拍片，這一定是我一生中最難忘的拍片回憶，大家敬娜姐……。

吃午飯完後，全員回到了酒店。

導演，晚餐七點在自助餐廳用餐。

OK，七點見，大堂集合。

娜娜回到家，先洗澡，全身都是汗，洗完澡出來的娜娜，全身清爽多了。

　　這幾天先忙拍片，十九號開始再來忙開店事宜。

　　也是，一直住琳達姐的這間房子，住久了，我真是不好意思，等志祥來，討論一下，是不是也買一間。

　　到了正式拍廣告的這一天……

　　造型，化完 Marllie 的妝後，再來穿人魚裝。

　　小朱，你盯各進度後，告訴我，正式拍片。

　　水下攝影師，試機器……。

　　梳化正化著代言人的妝。

　　導演看著畫面。

　　造型開始幫 Marllie 穿人魚裝，在水中……。

　　各部門，已就位，全部準備好了。

導演，OK 了，已就位，好，先來試一條，開麥拉！

停，再一條，……停。

導演再次與代言人溝通位置及水中動作。

Marllie 清楚了嗎？

清楚了，導演。

好，大家再來一條……

場記，拍板不知拍了多少次。

NG 了多少次。

在拍片的過程中，有許多的外國人在旁圍觀，小朱忙著維持現場秩序，不讓人太靠近，琳達姐也在現場用英文禮貌性的不讓人靠近拍片現場……。

就這樣持續地拍到快沒陽光……。

OK，今天先拍到這裡，收工，明天早上繼續拍……。

琳達送 Marllie 回家。

娜娜看著手錶，現在六點。

全員回酒店放器材，六點四十分集合大堂吃晚餐。

導演吃完晚餐後，在房裡看著今天拍攝的影片，小朱在一旁記錄著……。

茱迪、CC 回房，清洗著人魚裝，明天早上還要用。

娜娜回房休息，等晚上吃飯。

原來拍片這麼辛苦，曬了一天的太陽，應該要買大草帽一人一頂，以及太陽眼鏡，等晚餐後，我再去買好了，差一點中暑。

娜娜進了大賣場，買了大草帽及太陽眼鏡。

這眼鏡只要三元美金，草帽十元美金，買一些飲料明天用，娜娜看見了最喜歡的巧克力，又買了三大盒，拍片現場大家也可以補充一下體力……。

隔日一早，工作人員持續拍片，娜娜發放了每人一頂草帽及太陽眼鏡。

　　導演這裡有飲料，大家可以用……。

　　中午十二點放飯休息一小時，吃著珍鮮送來的海鮮便當，與在店裡吃的是一樣的豐富，每人有三個餐盒，都是海鮮，其中一盒是米飯，導演說這是我當導演二十年來，吃過最棒的劇組便當。

　　娜娜發放著每人兩瓶飲料……。

　　到了一點，導演一聲令下，全員開工。

　　持續地拍到了五點。

　　過程拍片中，代言人持續一樣的動作不下百次……。

　　導演為了影片維持一貫拍攝手法，控管影片品質，盡力做到最好，完成一部好作品。

　　　　　　　　　　　　　　　　　阿囉哈！娜娜

導演再次確認了影片的完美性……

OK，殺青了……，全體工作人員開心地把草帽拋向天空，請一位觀光客幫劇組所有人拍了全體人員殺青照片……。大家回到酒店休息放裝備，七點一樓大門口集合，去銀座園吃韓國烤肉，琳達宣佈著。

琳達、Marllie 與娜娜在別墅……

辛苦了 Marllie，拍了兩天廣告，不辛苦，大家比較辛苦，娜娜姐，我先去洗個澡，全身都是沙，來，Marllie 上樓，穿我衣服，進來挑，先去洗澡，洗完換新衣服，再去吃殺青酒。

琳達姐，辛苦了，總算拍完了。

等一下殺青酒，我看劇組所有人員今天應該會開始喝酒，每次只要片子拍完，娛樂圈的人就會開始慶祝拍

片順利完成，而且與工作人員一起⋯⋯。

　　劇組所有人在韓國烤肉店包廂內⋯⋯

　　大家舉杯⋯⋯導演說著。

　　拍了兩天的廣告殺青了，代言人 Marllie 辛苦了，在水裡待了兩天，長時間泡在海水裡，沒有聽妳抱怨一句很累很辛苦，非常敬業，我下一部的電影找妳當女主角⋯⋯，謝謝高導演。

　　謝謝旅行社老闆琳達安排這次九天的行程。

　　謝謝全體工作人員盡責的完成這次的項目。

　　更感謝娜娜給予機會，一個如此棒的工作機緣，希望下次還有機會能夠與大家再次合作。

　　謝謝大家，我們共同完成了一部好作品，大家乾杯⋯⋯。

阿囉哈！娜娜

娜娜招呼著，大家多吃一點，小朱，肉是無限量供應，也多吃菜，用菜包烤肉吃，謝謝娜姐。

　　娜娜拿著啤酒杯，導演敬你，乾杯……。

　　酒量不錯，娜娜，再來一杯，敬兩位老師茱迪、CC，人魚裝做得真漂亮，娜姐，這套人魚裝明天會清洗，弄乾淨後，會交給妳，好的茱迪老師，來，乾杯……。

　　大家盡量吃，大口吃肉，大口喝酒……。

　　琳達姐、Marllie，我們乾杯……。

　　娜娜宣佈著……

　　各位親愛的同事，明天十四號大家休息一天，自由活動，可以在飯店附近逛街，如果要吃飯，午、晚餐劇組所有人都可以去珍鮮海鮮用餐，錢已支付了，只要去

找老闆娘美寶就可以了。

如果有任何事要找我娜娜，就用微信聯絡。

十五號的行程，我們早上十一點一樓酒店大門口集合，大家記得在酒店早上七點至九點吃早餐，行程是要去 S 跳傘俱樂部。

小朱最害怕的高空跳傘終於要來了。難得的機會，大家一起跳，中午會在 S 跳傘俱樂部吃飯，下午開始跳傘，全部的人跳完後，進市區，琳達姐會安排大家吃晚餐……。

大家聽到要去跳傘，真是期待又怕受傷害。

各位娛樂圈的同事們，導演說著，就跳傘而已，怕什麼？又不是叫你去跳樓。眾人齊聲，導演這不是一樣嗎？都是跳。

傘未開前，跳下去與跳樓沒兩樣，更何況是在比雲

層還要高的高空中，一個有保護裝置，另一個跳樓沒有，小朱說，但是，為了證明我是一個有膽量的男人，我宣佈，我跳第一個，我敬各位前輩，乾了。

哇！小朱，太強了，乾杯……。加油！

今天終於可以好好的休息一天，什麼也不做……

正在裸泳的娜娜想著，要常常裸泳，保持自己的曼妙身材，等一下再來用美人膜面膜保護我這張漂亮的臉，晚上找琳達姐來家裡體驗一下面膜。再游兩圈好了……。

琳達姐，晚上來家裡吃飯，面膜來了，也要試美人膜面膜，新產品出來了。

面膜已經出來了，那我要趕快來試一試這個神奇的面膜。

瑪麗姐和 Marllie 就麻煩琳達姐也一起邀約過來。

OK，我來連絡，晚上見⋯⋯

今天打掃家裡衛生、洗衣服⋯⋯

弄完家裡後，再去超市買晚餐回來煮，向志祥說一下目前進度，⋯⋯志祥，廣告已拍完，拍了二天，Marllie 表現很好，昨天已殺青，今天工作人員休息一天，晚上琳達姐、瑪麗姐、Marllie 會來試美人膜，十八號會去看店面，十八號外景隊回台北，勿念我⋯⋯。

我在夏威夷一切都好。

二十號等你來，親愛的。

娜娜在廚房煮晚餐，琳達在旁邊洗菜⋯⋯

今天想做什麼菜？娜娜，做雞肉義大利麵給大家享用，再放一些蔬菜，就是與餐廳不一樣的菜，時蔬雞肉

阿囉哈！娜娜

義大利麵，娜娜邊炒菜做義大利麵，邊說著這道美食
……。

菜好了，瑪麗姐、Marllie 吃飯了。

好吃嗎？各位姐妹……

妳怎麼會做這道菜，娜娜，瑪麗問著。

常常去吃麵，外面的餐廳賣的義大利麵都沒有什麼
料，只有一點點的肉屑，又賣得很貴，所以我有一次去
超市買材料回來自己做，放了雞胸肉，又加上一堆蔬
菜、玉米、四季豆、蕃茄……，特別好吃。

我要把這道菜學起來，娜姐，等妳有空時教我，
Marllie 說著，真的好吃，OK，我教妳。

姐妹們，乾杯，吃完飯後，等一下大家來試面膜。

用完餐，娜娜在廚房洗盤子。大家吃得開心我就高
興，碗洗好了，去拿面膜與姐妹分享。

娜娜上了二樓房間拿了三盒美人膜下樓。

　　一人一盒，這就是準備上市的面膜，外包裝會把Marllie 肖像放上去，才是完成品，現在的是樣品。裡面的成份與要上市的面膜都會一樣，具有美白緊膚的功能，一盒內有十片，大家可以現在打開面膜試一試。

　　眾人臉上都貼著美人膜……

　　在臉上真是舒服，三十分鐘後再拿下來……。

　　效果如何，我現在摸著臉，很光滑，這裡有鏡子，可以照著看，琳達、瑪麗這種熟女，特別看重自己的臉。

　　娜娜，我現在摸自己的臉，有明顯的改善，使用之前皮膚乾燥沒光澤，用完後，氣色有變好，這個美人膜對皮膚很有幫助。

　　真期待我的肖像印在美人膜上面，Marllie 開心著。

廣告剛拍完，高導回去後，成品出來就可以印在產品上，公司會把新產品運來夏威夷。

這個外包裝會設計成女生最喜歡的桃紅色系。

這個顏色好，女生、男生都喜歡，男生也可以買面膜送女生，我相信一上市，一定會在夏威夷大賣，我有信心，娜娜堅定著。

瑪麗姐，明天早上我們外景隊所有人會去 S 跳傘，有，我知道，琳達已安排。

等二十號陸董到，還會帶面膜來，再送妳們。

娜娜，我們先回家，妳也早點休息，好的，姐妹們，明天見。

全員坐在車上前往 S 跳傘俱樂部……

大家看著兩旁的夏威夷街景，路上到處是穿著比基

尼泳裝的女生，沿岸都是海灘，好多人在衝浪。

　　夏威夷是全球衝浪愛好者的天堂，琳達說著。全世界的人想到出國旅遊度假的地方，第一名就是夏威夷。

　　想到夏威夷會聯想到什麼？威基基海灘、阿囉哈、衝浪、夏威夷衫、S跳傘俱樂部、夏威夷豆巧克力、婚禮、美女帥哥一堆，所以全球的人都最愛來夏威夷度假。

　　娜娜現場發放一人一盒夏威夷豆巧克力及飲料。

　　大家吃看看，這是目前世界上最好吃的巧克力，女生不要怕吃了會胖，這個對女生健康有幫助，飲料一人一瓶。

　　這個真的好吃，今天晚上自由行動，大家可以去酒店附近逛街，買想買的東西，自用送人的禮物……。

　　前面就是S高空跳傘俱樂部，老闆是來自台北的瑪

麗姐，老公是美國人，女兒就是代言人 Marllie，她們在門口迎接我們，阿囉哈！各位，歡迎來到 S 跳傘俱樂部。

瑪麗姐，這是高導，你好，高導，歡迎來玩。

現場依舊有許多人已穿好跳傘服，等待上飛機。

生意真好，一伙人看完了教學跳傘影片，開始著裝。

專業的教練，一位一位仔細的為客人穿戴跳傘服。

這時導演說話了，怎麼沒看見小朱，小朱不是要第一個跳傘的嗎？人怎麼不見了，報告導演，小朱跑去廁所躲起來了，我想應該是現場看著天空上的飛機，被一個一個人從飛機跳下來的景像嚇壞了，嚇到閃尿，不敢跳了。

攝影助理小王，去把他叫來這，他要第一個跳，男人要說到做到，是，導演。

小朱來了。導演，我沒有躲，我只是去洗把臉而已。

　　跳第一個就第一個，走吧！你還沒穿跳傘服啊。

　　飛機在上空中，坐在機艙內的小朱與教練坐在一起，導演是第二位，導演看著小朱的臉，就是一陣大笑，一臉不是很開心、不想活的臉，小朱的內心肯定是懼怕的，其實導演也是在故作鎮定，第一次跳傘誰不怕。

　　飛機到達降落地上空，教練告訴大家準備，這時機艙門一開，不到十秒，小朱就被教練硬拉跳了下去，導演緊追在後，茱迪、CC也大膽的往下跳，S跳傘專業的高空攝影師，記錄著每一位工作人員驚嚇、大叫，CC嚇哭的表情⋯⋯。

　　無重力的落下與跳樓一樣，但是跳傘一定是恐怖一百倍。

　　然而當傘打開的一剎那，大家的表情從害怕漸漸有

　　　　　　　　　　　　　　　阿囉哈！娜娜

了安全感，隨著夏威夷的海風，慢慢的降落，吹著海風欣賞著，這世界有名的夏威夷海，高導在高空中，真是特別的體驗，真是美。

第一位降落的小朱大叫著，太刺激了！一開始很怕，傘打開就不怕了，感覺得救了，娜娜用手機為大家拍影片，你看，導演要下來了，一個不小心，導演像軟腳一樣沒站穩還跌倒，還好人沒事，茱迪在天空中大叫著前男友的名字，叫他去死，CC 也在高空中，要喜歡她的人趕快來追，要桃花運，要男人……其他的工作人員也陸續降落，在地面上用手機記錄跳傘下來的工作人員的娜娜說，娛樂圈的人真是壓力很大。

卸下裝備的大家，在休息區休息著，吃著巧克力，喝飲料，等待拿跳傘影片。

娜娜告訴大家，我們所有人現在加微信，我弄了美

人膜廣告外景隊群組，大家加入，我把我幫大家拍的各位跳傘的各種表情，上傳上去，大家慢慢欣賞。

都加入了嗎？全加上了，娜姐。

等一下娜娜，先把我跌倒的畫面刪了再傳。

哈哈！來不及啦，導演，已經上傳了。

這時，現場開始大笑聲不斷⋯⋯。

瑪麗姐頒發了每人一張跳傘證明。

每一個工作人員上台都自信滿滿的領獎，沒有看過影片的人，不知道曾在高空中的領獎人，在跳傘現場是多麼的膽小無助、害怕，跳下後，所看見的夏威夷海美景戰勝了恐懼。

瑪麗姐送了每一位團員一件 S 跳傘俱樂部出品的 T 恤，全棉的，正面背面都是跳傘的各式插畫圖案，每件不同，有七種顏色⋯⋯。

在回市區的車上，小朱及導演吵著還要再來跳一次
⋯⋯。

導演，確定還要再跳一下，我下次帶老婆來度假，
帶老婆一起來玩，要來玩再告訴我，我來安排。

現在回市中心威基基，去吃中菜四川菜。

吃完晚餐大家可以自由活動，逛街買東西。

明天的行程是⋯⋯娜娜看著行程表，明天早上去坐
潛水艇，早上八點出發，下午去看夏威夷文化村，會待
到晚上九點半，要看秀，晚餐在文化村吃，看原住民舞
蹈表演。

川菜料理店到了，就在酒店旁很近。

導演等一下多吃菜，喝二鍋頭白酒，這家四川人開
的店很有名，金髮的外國人都來吃中國菜。

喝著二鍋頭，吃著四川菜，導演再喝一杯，這個二鍋頭就像是高梁酒一樣，都很烈，吃四川菜喝白酒，就是四川人的飲食習慣。川菜在台北是最受歡迎的，生意最好的餐廳就是四川料理，最受上班族喜歡的麻辣火鍋就是來自四川，又麻又辣又香，配料都是從四川過來的，正宗的店，生意很好，人潮都很多……。

　　各位，我今天發到群裡的跳傘影片，你們自己保存好，我手機上的原始影片要全部刪掉，因為很佔手機內存，我刪了，這時導演第一位開口快刪掉，深怕跌倒畫面影響到他，成為娛樂圈人茶餘飯後的玩笑話題。

　　所有人目光看著娜娜的手機，放下筷子，等待著。

　　娜娜刪掉了影片，有被拍到影片的人，心中落石放下，終於可以開心無事的用餐，來，大家乾杯。

　　瑪麗結完帳，各位明天早上要去坐潛水艇，早上八

點一樓集合，現在可以回去休息或自由逛街都可以，酒店就在旁邊。

娜娜交給妳了，我累了，先回家休息，明天見……。

明天見，琳達姐。

十七號，是外景隊在夏威夷的最後一個晚上……

謝謝導演順利完成美人膜廣告片，明天你們就要回台北，我還會在夏威夷。導演明天十八號回去後，就麻煩廣告、平面與影片後製完成後，丁秘書會與導演聯絡，拿廣告完成片。

娜娜謝謝各位，乾杯，吃菜，海鮮多吃一點。

高導敬著娜娜，娜娜下次如果還有項目，記得要找我，好的導演，那我們台北見了，各位明天早上十點準

時一樓大堂集合退房，出發去機場。

　　隔日早上九點三十分琳達已在一樓大堂，沒多久娜娜也下樓在大堂等團員。琳達姐早，娜娜，我們送他們去機場後，中午吃完午餐，就去威基基購物中心看店，好的。

　　團員陸續退房，所有人都到齊了嗎？

　　全部到齊了，茱迪拿出人魚裝，娜姐，這套人魚裝給妳，已經清洗整理過。

　　謝謝茱迪老師。

　　工作人員全到齊，我們出發去機場。

　　全員到達機場櫃台，琳達辦理登機。

　　琳達發放登機牌，大家看一下自己的行李有沒有入關，如果沒問題，可以進去了，我們大家來拍一張相

阿囉哈！娜娜

片留念，導演說著，小朱請那位小姐幫我們拍一下，OK，導演。

所有人站好，一起說阿囉哈！兩隻手往前，娜娜教著，準備三、二、一，阿囉哈！哈哈哈⋯⋯

拍下了這一張難得的團體合照，娜娜馬上傳到微信群組裡，大家記得珍藏留作紀念，娜娜、琳達與外景隊人員擁抱、握手，相約台北見，高導，台北見，娜娜，再見⋯⋯。

送完了外景隊，倆人來到珍鮮海鮮吃午餐。

美寶，生意好嗎？生意不錯，琳達，這裡的客人都是妳的公司帶來的團體客人，天天都客滿，天天都一直在補新鮮的漁貨，店員也不夠用，正在招人，謝謝琳達，沒有妳就沒有這家店。

別客氣，美寶，妳去忙，又有客人來了。

阿囉哈！幾位。

琳達與娜娜驅車來到觀光客必訪的威基基購物中心……

娜娜就這一間，倆人站在剛租下的店面門口……

這裡有五十坪的空間，這間是倉庫，這間是辦公室，前面的賣場空間還挺大的，對面是賣泳裝的，旁邊是賣衣服、手錶、紀念品商店，還有女鞋專賣店。這一層沒有商家在賣面膜，是以女性商品為主，明天早上約了空間設計師來看場地，針對現有空間，畫出賣場設計圖，明天十九號，陸董二十號來，陸董幾點會到機場？中午十二點到。那琳達姐，我們約設計師二十號下午四點來店裡，陸董也會在場，可以提出裝潢要求，他在場比較好，不然大家要跑二次，二十一號就可以去註冊公司。

等高導的片子 OK 後，美人膜才能印上代言人 Marllie 肖像，大量生產，商品再外銷來夏威夷，裝潢最少工程期也要一個月才能完工，產品進來夏威夷也需要報關手續。

娜娜，好事多磨，我們是第一家面膜專賣店，開在威基基海灘的購物中心，已經成功一半了，這裡人潮最多。

對，沒錯，琳達姐……。

娜娜，妳明天有什麼安排？沒事情，現在就等二十號陸董來，那明天中午來歡樂公司坐一坐，看看我公司，就在麥當麥旁一樓，有中英文招牌，一起吃午餐，知道路嗎？從家裡出門，往前走第一個路口左轉就看見麥當勞了，公司就在旁邊，明天早上十一點半過來。

現在五點多了，晚上瑪麗找我們去她家吃晚餐。

她也是住在這一區嗎？對，都是住在附近，只是 S 跳傘俱樂部離這裡大約車程要四十分鐘左右，我們先開車去她家，我停好車先去她家樓下，找一家咖啡店等一下好了，她大約六點半左右到家。

　　琳達與娜娜在咖啡店喝著咖啡等瑪麗，琳達微信瑪麗，告知已在家旁的咖啡店等，瑪麗回十分鐘內到家。

　　娜娜，瑪麗十分鐘內就會到，好的，先休息一下，她今天要下廚，不知道煮什麼給我們吃。

　　我的拿手菜是時蔬雞肉義大利麵，琳達姐下一次換妳下廚，我要吃妳做的菜，可以，可以約二十一號晚上，陸董也來了，二十一號來我家，我親自下廚……。

　　流口水了，琳達姐做的菜，一定非常好吃。

　　我到了，姐妹，我在咖啡店門口，妳們出來上我車，好。

不好意思，妳們等我，瑪麗開著車下到地下室停車場，到了，我住在這一棟樓十八樓，歡迎歡迎，請進，隨便參觀，我去做菜，妳們一定很餓吧！

　　瑪麗姐，在這可以看到我現在住的地方，我看到了浴室的燈沒有關，早上洗澡洗完出來忘記關了，我家到妳家走路十分鐘內就到了，我做家常菜給妳們吃，昨天有採買一些食物回來。

　　在夏威夷的中式餐廳，比海鮮自助餐廳還要貴很多，做的菜也一般，大部份都是老外去吃的，在家裡自己煮又好吃又衛生，我同意，瑪麗姐的看法。我最喜歡在家裡吃飯，這裡是十八樓，夜景是很棒的，可以看見海灘，白天在陽台可以看到很多女生在玩衝浪，現在很流行女生衝浪，家裡也有一個衝浪板，是 Marllie 的，

她很會衝浪。瑪麗姐，Marllie 不在家喔，她又飛去紐約拍廣告了，要拍洗髮精廣告，Marllie 的頭髮又長又漂亮，客戶指定當代言人，她拍完廣告就會回來夏威夷。

這片衝浪板真漂亮，娜娜也喜歡衝浪，我會游泳但不會衝浪沒衝過，妳想學嗎？我叫 Marllie 回來後教妳，好，好，我想學衝浪，等她回來。瑪麗邊炒菜邊說著。

晚餐好了，好手藝，二十一號換大家來我家吃飯，我做了五菜一湯，蔥爆蝦、炸雞腿、牛排、生菜沙拉、麻婆豆腐、蔬菜湯，簡單做。

瑪麗姐，菜做得好吃，可以開台式餐廳了，在 S 跳傘開一家餐廳，客人邊吃飯，邊看跳傘。

這個點子不錯，在高空中跳傘的人，往下看，大家在吃飯，香味飄到空中，跳傘的人應該會流口水、肚子餓，落地後，又再來吃飯，慶祝跳傘成功。不錯喔！

面膜店什麼時候開？瑪麗問著，今天已經與琳達姐去看店，佔地五十坪，二十號下午空間設計師會到，琳達姐找了一位德國設計師來操刀做空間規劃，二十號中午陸董會到，下午四點會一起去現場，我明天也會去，好的，瑪麗姐。

　　來，用菜，琳達、娜娜別客氣。

　　娜娜來歡樂旅遊找琳達……

　　娜娜，這裡就是我每天上班的地方。業務部有五個人，導遊部有十五人，各位同事，這位是公司的顧問李娜娜，大家鼓掌歡迎。大家好，我是娜娜，很高興認識各位，夏威夷是世界最有名的度假勝地，每天導遊都要出團，帶遊客跑行程，琳達說著當老闆的人，每天一早要先來公司開晨報會議，我本身是從導遊做起的，知道

導遊很辛苦，但是哪一個行業不辛苦。公司的文化，我要求員工素質第一，不可以在工作時間抽菸，現在更要求所有員工全面禁菸，只要抽菸抓到一次罰五百元美金，第二次一律開除，現在找新進員工，一律只應徵不抽菸的來公司面試。

服務客人第一，同事之間不可耍心機害人，毀害公司任何的利益。新進員工一律試用期三個月，我的公司福利是目前旅行社最好的，服務滿三年，送一台價值一萬五千元美金的汽車一台，試用期三個月後，正式員工一律送潛水錶一支。

滿一年的員工，生日時公司送一千元美金生日禮金，每個月票選出每月最佳員工，得一百元美金獎金。

哇！這麼好的福利，琳達姐，我也要來上班了，我之前上班的旅行社什麼福利都沒有。

歡樂根本就是旅行業的夢幻工作。

娜娜，我們在公司吃員工餐，中午吃飯時間到了，這裡是員工餐廳，伙食也是很好的，這根本就是迷你型的珍鮮海鮮餐廳。自己夾，看喜歡吃什麼菜，倆人邊吃邊聊，目前夏威夷旅遊觀光現狀及旅客的消費行為。

娜娜，妳不要小看一碗夏威夷冰，只是一碗碎水，上面放了一些水果汁而已，一碗要兩元美金，有的生意好的店，一天可以賣出三千多碗。夏威夷沒有冬天，天天都很熱，這樣一個月營業額有多少錢，妳可以算算看，一間小小的店面，創造很大的利益，利潤非常大。

我們可以想一想，可以與瑪麗合作，在 S 跳傘俱樂部先開一家，她的俱樂部每天現場也有很多人。

去跳傘的人一定也會邀友人去，有的是家族全員到，只是陪同女兒慶祝二十歲生日，來跳傘的人理由不

同，店面馬上就有，就在 S 跳傘俱樂部，先做試營運，等面膜店開店後，就在店旁邊開美人冰店，可以賣夏威夷冰及芋圓冰⋯⋯。

琳達姐，這個項目可以，深坑老街有專賣芋圓冰的店，芋圓都是自己製作的，可以成為我們的原料供應，我馬上告訴陸董，請他現在派人去深坑買一些芋圓過來夏威夷，我現在馬上連絡。

娜娜告知了志祥這一個項目，請他馬上派人去深坑老街買芋圓，帶過來夏威夷，要弄試吃會議，不到五分鐘，志祥回信。

馬上去買，這個美人冰店項目可以做，有搞頭，可以開連鎖，專賣夏威夷冰及台北芋圓冰，成本低、高報酬，再請幾位比基尼美女當店員。

我明天中午到達夏威夷機場。

放心，我們會去接機，明天見，親愛的。

琳達姐，妳先忙，我就回家了，明天再一起去機場接陸董。

好的，娜娜，我明天早上十一點去接妳，OK，琳達姐。

娜娜在家翹著腳看著電視，地上的掃地機二十四小時不休息的打掃著，畢竟這兩百坪的大房子，打掃起來不腰酸背痛才怪，有機器打掃真是方便。

志祥來信說芋圓已買了三十盒，你動作很快，不到兩小時就準備好了。未來的老闆娘交待的任何事情，當然一定要馬上去處理，看著這小小一顆的芋圓，夏威夷的外國人應該還沒吃過吧！美人冰店這個名字不錯。

等志祥到了我再來做這個芋圓冰，來試吃看看。

明天已經約了德國空間設計師來店裡開裝潢會議，高導拍的片子，等片子成片出來後，就可以大量生產面膜，已請丁秘書跟進，娜娜說著目前的面膜各項進度……。

　　娜娜與琳達在機場等志祥出關……

　　陸董辛苦了，總算到了，坐了九個多小時，你應該現在是腰酸背痛的。

　　是的，背還有點酸。

　　今晚帶你去按摩按摩身體，還有足底按摩，解除一下身體的疲勞。

　　娜娜，好久不見了。

　　是啊！陸董（倆人的關係沒人知道，只好繼續演著）。

陸董，行李我們來放就好，請先上車。

現在先去吃午餐，應該餓了，帶你去吃海鮮自助餐。

這家海鮮店目前與歡樂旅遊合作，老闆也是從台北來的，老公是上海來的一位廚師，夫妻一起開了一家平價型的海鮮自助餐廳，生意還不錯。

到了。

陸董，盡量用，不趕時間，下午四點到達威基基購物中心，與設計師開會。

娜娜一行人與設計師開會……

陸董與德國設計師麥克討論裝潢空間設計……

麥克，除了設有面膜陳設區外，我在右邊這一區陳設體驗區，要有椅子，門口玻璃採透明不要霧面。顏色主色，娜娜，妳覺得什麼主色比較合適，我覺得用女生色

系，桃紅色做主色，可以，女生最重要的私密空間，我要建兩間設計感十足的廁所，桃紅色，這個地方一定會成為各網美打卡的地方，也為店裡宣傳。馬桶不要用傳統白色的，我要桃紅色，整間都是桃紅色，娜娜要找廠商做桃紅色衛生紙，這麼漂亮的紙，我想女生都會捨不得用，直接留起來保存。光桃紅色的衛生紙就有話題了。

麥克，你這多久可以裝潢完成，大約可以在一個月內裝潢完。

設計圖什麼時候可以出來，最快的時間……三天，OK，三天後，下午兩點在店裡碰面，你把合約帶過來，三天後看圖簽約，沒問題！陸董。

麥克離開回事務所製作空間圖……

我們現在回家去。

琳達開車送娜娜、陸董回別墅。

你們晚上要吃什麼？在家裡做菜吃就好，就不去外面吃了，琳達姐進來坐，一起吃晚餐，不了，我回公司去，你們先休息，陸董飛了一天了，明天下午兩點，我們去辦理公司註冊，我會來接你們，好的琳達姐，麻煩妳了。

　　公司創業金一百萬美金我已經準備好了。

　　明天下午見，拜拜。

　　娜娜、志祥一進門，倆人擁抱。

　　好久不見，有想念我嗎？天天想念，娜娜問著。

　　代言人的肖像相片明天會完成，會 E 過來，明天就可以看，如果可以用，就要馬上連絡丁秘書安排工廠生產。

　　志祥你先去放行李，洗個澡，我去做晚餐。

　　娜娜，做簡單的菜就好，我看冰箱有什麼就煮什麼。

OK！

我去洗澡了。

下午兩點琳達來接娜娜、陸董。

陸董西裝筆挺的，你穿太正式了，只是去註冊公司而已，我習慣穿正式服裝，回來再換夏威夷衫。

一小時後，公司手續辦好了，夏威夷美人化妝品公司正式成立，公司地址就在別墅，以後一樓就是辦公區，二樓、三樓是私人住宅，店面需要賣場銷售。一件一件事情來處理，註冊公司已完成了，接下來要做什麼？需要買辦公桌嗎？不用了，一樓的長條型餐桌就可以辦公了，左右邊各可坐六人，共十二人，電腦也有，手機也有，都可以用，上網買印表機，還有 A4 紙，有缺的物品上網買就好，會送過來。

明天高導會 E 相片過來，就可以定案。

後天麥克出圖、出合約，高導的尾款付了嗎？

陸董問著，還有十％尾款未付，明天的成片無誤後，就請丁秘書撥款給對方，不拖欠尾款，好的，陸董。

那接下來，如何安排？

琳達說，到我家吃飯坐坐，對喔！還沒有去過琳達姐家。

娜娜與陸董下車……

我一小時後來接你們，六點半，OK，琳達姐。

琳達開車去珍鮮海鮮，拿了各式海鮮，由美寶請客，美寶九點下班後來我家，好的，下班後馬上過去。

回到家的琳達，在廚房準備著晚上的豐盛晚餐。

歡迎陸董的到來，喔！對了，差點忘了瑪麗。

瑪麗，晚上七點過來我家吃晚餐，陸董到夏威夷了，

好，我過來。

桌上滿滿的食物，不用做菜，只要擺盤就好，真方便，以後懶得做菜，就去珍鮮拿食物。

琳達出門走到娜娜家門口……

我到了，妳們出來吧！

琳達說其實我家很近，用走的就到了，不會很遠，走路散散步，到了，我家到了。

哈哈哈，娜娜大笑了起來。

原來一直與琳達姐當鄰居，我都不知道！

隔壁的隔壁，就是琳達姐家。

請進，這個室內的格局與你們現在住的一樣，也是二百坪附游泳池。

陸董參觀著，過一陣子我也來這買一棟，不然每次住琳達的家，住久了，都不好意思，這一區還有別墅要

賣嗎？目前沒有，這裡是市中心，最熱鬧的地方，如果有屋主要賣，馬上就會有人買，我這棟也有人出價要買，我不賣，我一個人住。那先生呢？我早就離婚了，前夫是法國人，年輕時喜歡帥哥，法國人又比較浪漫，會說甜言蜜語，一個月內就結婚了，生了女兒，騙了我很多錢，在外面養女人，不到一年我們就離婚了。女兒現在在倫敦工作，這間房子以後要送給女兒住，來，進去坐，準備吃飯，等一下瑪麗與美寶也會來。

陸董要喝酒嗎？有啤酒嗎？有，我去冰箱拿，這是夏威夷當地的啤酒，水果做的。

娜娜也要，大家都來一瓶。

這時瑪麗與美寶一起到……

請進，阿囉哈！娜娜，阿囉哈！陸董。

今天的晚餐是美寶請客的，這些都是珍鮮的海鮮，

大家吃，別顧著說話，不動手吃飯。

美寶妳老公怎麼沒來，他還在店裡忙，還有客人。

陸董如果還要來 S 跳傘，就與娜娜過來，不用錢，當自己的店，我們都是台北來的。真是大方，在異鄉打拚，一起互相支持幫助，大家的緣份都是來自娜娜，沒有娜娜，大家也沒有緣份坐在這裡用餐，敬娜娜，謝謝啦！各位姊姊。

現在是新女力時代，我們都是神力女超人，是女強人，祝我們姊妹們身體健康，生意興隆，乾杯。

這時的陸董，看著一桌只有一個男性同胞，自己喝著鳳梨口味的啤酒，陸董，別自己喝，大家敬陸董一杯，琳達發起敬酒攻勢。

喝太多了，我來代替陸董喝，娜娜拿起酒喝著，他酒量不好，不要灌醉我的老闆，明天還要看 Marllie 的

廣告相片成品。

那千萬別喝酒，公事比較重要，喝茶好了，瑪麗說著。

來，大家快吃我店裡的海鮮，生魚片要趕快先吃，新鮮的，美寶夾著海鮮分配給在場的每一位……。

早上十一點，高導傳來 Marllie 相片成品。

在家的娜娜與高導正用微信連絡。高導我看到了，有二十組各種姿勢的人魚裝造型，一小時後與你連絡。

志祥，高導來相片了，看一下，看可不可以用。有二十組，這一張不錯，可以放在門市用，這十二張可以用在面膜包裝上，其他的可以作為廣告文宣用……這些可以。

我現在通知高導。

高導，片子可以用，尾款支付我會交待丁秘書馬上

與您連絡，支付剩下來的尾款。

謝謝高導，辛苦了，下次有項目再請您執行。

娜娜，妳現在馬上通知丁秘書，告訴她這二十張相片可以使用，馬上執行，工廠面膜開始動工，印上廣告代言人的相片。

是，陸董，我現在馬上去處理⋯⋯。

丁秘書現在在線上了，她已經接收到所有相片及資訊，會馬上執行任務，完成品面膜會出口到夏威夷。

很好，今天又完成了一件事⋯⋯。

娜娜，中午，我們要吃什麼？

叫披薩來吃好了，下午游泳，美人魚裝還在我這，我穿美人魚裝，志祥你幫我拍照，好，我幫妳拍人魚寫真集。

現在拍好了，娜娜妳去換裝，我先來叫披薩。

娜娜上樓拿了人魚裝，在泳池旁換裝，志祥你要來幫忙穿，我一個人穿不上，娜娜脫下所有的衣服，光溜溜的身子穿上美人魚裝，上空由長髮遮住重點部位。

　　拍吧！志祥，多拍一點，新女力時代，年輕不要留白……。

　　陸董，我是丁秘書，面膜成品已印上代言人肖像，您看一下，有十幾種造型，如果 OK 確定，今天就會開始生產。

　　辛苦了，丁秘書，我看一下，等一下再告訴妳，好的，董事長等您指示。

　　娜娜，妳在那裡。

　　我在洗澡啊！等妳洗澡完，我再告訴妳。

　　三十分鐘後……

妳洗個澡要三十分鐘以上，我真是佩服妳了。

你們男人怎麼會知道，美女的養成是需要時間累積的保養，才會長成像桃花般的美麗，披著一條白色浴巾的娜娜說著，等我穿好衣服，下來與你聊。

娜娜穿著新買的夏威夷風圖案的連身裙。

志祥，什麼事？

志祥看得入神，妳穿這一套衣服真美。

是人美？還是衣服美？

這還用問，當然是……人美。

找我什麼事？陸董事長志祥……

丁秘書已經傳來面膜成品，娜娜來看一下（倆人看著筆記型電腦）。

娜娜專心仔細看著，這一組露出魚尾巴的可以先主

阿囉哈！娜娜

打第一波，你覺得呢？志祥，我也覺得這組很好看，其他的呢？這一張躺在沙灘上的可以……

娜娜妳來排順序，排好後，妳直接與丁秘書對接，今天一定要確定，要準備大量生產。

我一小時後就可以 E 給丁秘書，好，交給妳處理。

我先去樓上書房看個公文，志祥，我們下午要去店裡與設計師碰面看圖，琳達會來家裡接我們，好，我知道了，妳先看產品。

一小時後……

志祥，我已經給丁秘書了。

我現在連絡丁秘書，志祥拿起手機撥給丁秘書。

丁秘書，開始生產。

是，遵命，董事長。

琳達、娜娜、陸董三人在面膜店……

麥克拿出設計圖，正向大家說明整間店的設計風格及材質。

對，我要的就是年輕人喜歡的流行元素，選擇桃花色系，廁所也有按照我的方式來做，我要兩間最酷炫的廁所，麥克你做得出來嗎？可以的陸董。

琳達、娜娜，妳們覺得如何？

少了一點什麼？

我要把人魚的造型當面膜店的品牌商標，也是面膜的商標，麥克，你可以用這個代言人 Marllie 穿的美人魚裝，做一個一比一的模型嗎？可以，做得出來。

我要做成長型的比例，連魚身魚尾，大約二點五公尺高，魚尾在下，可以做為店門口的店標，門口會成為網美打卡聖地。

陸董，我覺得這個方式行得通，很好，我同意。

麥克，店的裝潢需要多久時間可以全部完工……。

三十天內全部完工，你今天有帶合約來嗎？

有的，麥克拿出了合約，陸董看著……。

你一簽約要拿五十％，不合理，我只會給你二十％，接下來按照進度付款，琳達妳看一下合約……。

琳達與麥克溝通著……，麥克同意。

尾款在全部工程完工，驗收無誤後，三個月後支付剩下的全部尾款二十％。

接下來就交由琳達與娜娜去跟進了。

娜娜，妳代表公司明天與麥克公司簽約。明天雙方可以來我歡樂公司簽約，早上十一點，可以。

麥克，時間上可以嗎？我 OK，我會帶完整合約一式兩份來簽約，謝謝琳達，謝謝陸董，合作愉快，我會

裝潢出夏威夷最棒的一間店，那大家明早見。

　　回到家。娜娜，我有帶妳要的芋圓來，一直在冰箱冰著，我都忘了有芋圓。做芋圓需要地瓜和紅糖，家裡沒有，志祥你在家，我出去買，我去買好了，娜娜，妳在家把芋圓拿個三盒出來，我去買馬上回來。

　　志祥，家裡一出去往左走三分鐘就有超市，都有賣，你再買一些蘋果及法國麵包回來。

　　娜娜打開冰箱，哇！這麼多芋圓，今天先做一些來試吃，明天還可以送一些給琳達和瑪麗，再教她們如何煮。

　　志祥大包小包的買回食材。

　　娜娜，我回來了，這種紅糖對吧！對，就這個。

　　我們開始來做芋圓地瓜。志祥，你把地瓜先削皮，切成小塊，我開始煮熱水，水滾後，娜娜放入地瓜煮，

　　　　　　　　　　　　　　　　　　　　　阿囉哈！娜娜

再來放芋圓，待煮稍微軟之後，把紅糖放下去。

志祥，你學起來了沒？

有的，應該會了吧！

等一下我再來自己做一盒看合不合格。

好吃嗎？

志祥吃著芋圓地瓜，這個甜點真不錯，做冰的、熱的都可以，白天吃冰的，晚上吃熱的，應該還不錯。

志祥，面膜店開幕時，可準備現場招待貴賓吃甜點。

娜娜可以評估看看，這一碗芋圓適合在夏威夷開店嗎？

好。

我也聽一聽琳達姐與瑪麗姐的建議，明天送芋圓給她們。

娜娜，妳快吃，自己煮的要多吃幾碗，剩下的放冰

箱，隨時可以吃。

　　隔日，娜娜在歡樂旅遊……，琳達姐，這是陸董從台北帶來的芋圓，這個在夏威夷目前沒有人開店賣，可能會有商機。吃看看。

　　琳達姐，這還有一些地瓜，地瓜削皮切塊與芋圓一起煮，地瓜要先煮，再放下紅糖……，甜度適中，就可以了，如要吃冰的，煮軟後撈起，再放細冰加上糖水就可以吃，冰的熱的都合適，這一袋是要給瑪麗姐的，就麻煩轉交……。

　　中午就吃這個，我交待員工來做，學起來。

　　如果可行，先在 S 跳傘俱樂部設點來賣……。

　　小方，妳把這些拿去煮，中午同事大家吃，是，老闆，地瓜削皮切成塊。

麥克來了，阿囉哈！

我帶合約來了，兩位女士看一下，這是已經修改過的，已按照陸董要求的，更改過了。

琳達、娜娜逐條仔細看著。

這合約可以。

麥克，就麻煩你的設計師團隊用心做了，一個月內一定要完工，要準備開店，門口店標美人魚，一定要製作漂亮，這是我的專業，請兩位放心交給我處理。

娜娜，可以簽約了。

雙方正式簽約。

娜娜與麥克互相握手，現場攝影記錄這一刻……。

老闆，芋圓地瓜好了。

來，一人盛一碗來吃……。

麥克，喔，這是來自台北的知名甜品……

這是芋圓地瓜，養生湯品，這個好吃，在德國沒吃過，再來一碗。

走，慶祝簽約，娜娜、麥克……中午飯該吃了，我請客，怎麼可以讓女士請客，我們德國男人是最紳士的，更何況妳們還給我項目賺錢呢！由我來付帳買單，好的，今天就由麥克請客，各位同事，現在先放下所有工作，大家去吃飯，全部去，是，琳達老闆。

麥克數著員工一共有快三十位，一臉驚訝，卻又不不得不表面裝著大方……走，我請客。

麥克，我們去一家便宜又好吃的海鮮店用餐。

便宜，OK，琳達帶路……。

我們去珍鮮海鮮，既然要吃飯，還是給自己人賺錢，琳達姐，想得最周到了……。

娜娜，妳再打包一些回去給陸董吃，包多一點，好

的⋯⋯。

　　娜娜拿著一堆海鮮回來家裡。

　　志祥來吃飯啦！⋯⋯志祥比出噓！

　　志祥正在與丁秘書通電話。

　　董事長，面膜已在生產，預計下周六產品會寄到夏威夷，就寄來辦事處，一個月後，店裝潢完成，開幕前，把第一批的貨寄來，是，董事長。

　　丁秘書，隨時向我報告進度，是。

　　娜娜妳回來了，帶什麼好吃的要給我，一堆海鮮，男人要多吃一點。志祥，這是與麥克簽的合約，看一下，志祥拿著螃蟹吃了起來，小心不要弄髒合約，這是今天的午餐，琳達姐叫了三十多位員工一起去吃，由麥克付帳的。

這合約我看完了，娜娜，收起來，公司存檔，第一筆錢準備付給對方。

　　這大蝦真是太美味了。

　　娜娜妳也吃一點。

　　看著你吃得這麼好吃，看得我肚子又餓了。

　　娜娜又開始吃了起來，美食當前，怎麼可以放過，還好在夏威夷天天一早起床就裸泳健身，身體一直保持得很棒……。

　　娜娜，妳先吃，我去二樓書房，妳吃完來書房找我。

　　娜娜嘴裡正吃著肥滿的蝦肉，一聽到去書房，該不會志祥吃了一堆蝦子、螃蟹，身體現在有了反應，要找我在書房……做刺激的事情……（娜娜幻想著）。

　　吃完了最後一隻大蝦。

　　娜娜，脫光了衣服上了樓。

娜娜推開了書房門，志祥我來了。

志祥轉頭一看，大笑了起來。

哈哈哈……

娜娜，妳等不及了，妳海鮮吃太多了，大補。

娜娜，妳先去把衣服穿起來，妳想做的事，我們晚上再做，我有話跟妳說。

娜娜不好意思的下樓，把衣服穿了起來。

志祥，你什麼事跟我說？

娜娜一臉正經，坐得端正起來。志祥拿出合約，妳看一下合約。

娜娜一看，是夏威夷公司的股東合約：創始人合約。

志祥，這是創始人合約……？

對，創始人只有我們倆人，妳看一下，股份比例可

以嗎？

　　娜娜，妳仔細看完後就簽約……

　　娜娜連看都沒看，就簽了約。

　　志祥，我相信你，我們是事業伙伴，也是親密伴侶。

　　當然，我們強強聯手，一定大好。

　　志祥簽下合約。

　　娜娜，這三份是琳達、瑪麗、Marllie，妳也看一下，

……只有面膜分紅，不佔公司股份，公司只有我們兩位

創始人。

　　這些的分紅及股份是上次談過的……

　　我覺得有錢大家賺，這個項目一定會用到當地人來

執行，我們兩個是大股東，志祥，我相信她們是真心誠

意的人，是合作伙伴，又是好朋友。

如果妳覺得沒問題，妳約她們明天晚上過來家裡吃飯簽約，丁秘書已告知，產品預計下週六就會出貨來家裡，就放在一樓的房間，可以當倉庫，以後一樓會當辦事處。

娜娜手拿著自己的股份合約，開心的抱著志祥，志祥親吻著娜娜，娜娜迫不及待，著急著拉著志祥的手進了房間⋯⋯。

完事後，娜娜躺在床上，去電告知琳達、瑪麗，明晚來家裡聚餐。

看著志祥倒頭呼呼大睡著⋯⋯

娜娜下樓去游泳，裸泳著。

我游個幾趟，趕快消耗一下多餘的卡洛里。

隔日晚上六點⋯⋯

珍鮮海鮮的美寶派員工送來了五人份量的海鮮牛排大餐。志祥，你排五個人的餐具，娜，她們幾點到，我約六點半，美寶送的食物很多，大家一定吃不完，飯後甜品芋圓已在冰箱，飯後吃。

　　都排好了，就等她們來了。

　　鈴鈴……

　　她們到了……

　　請進，琳達姐、瑪麗姐，哇！Marllie回來了，對呀，拍完廣告回來了，大家請坐……。

　　琳達姐，我要給美寶錢，她又不收，這些海鮮都是她安排請員工送來的……。

　　沒關係娜娜，她已經把我們當家人了，哪有家人吃飯還要付錢的，珍鮮準備要開第二間分店了，會開在阿拉莫阿那購物中心，資金是我出的，美寶經營，我也要

投資，陸董說著，這家海鮮真是好吃。

琳達，看一股多少錢，妳準備合約給我。

娜娜也一股，資金我來出……。

好，大家一起來做餐廳……。

大家盡量用，別只顧著說話。

娜娜，妳不是要學衝浪，我已經告訴了 Marllie，她會教妳。

對呀！娜姐，我教妳就好。

什麼時候可以去學衝浪？

明天早上就去衝浪，娜娜姐，妳買了衝浪板了嗎？

我沒有衝浪板。

妳不用買，我家裡有兩塊衝浪板，我送妳一塊，明天我開車來接妳，早上十點到，妳要穿比基尼，我有，太好了，要學衝浪。

志祥上樓去拿合約下來。

大家看一下合約，志祥發給大家合約……

三人專心看著合約，志祥與娜娜大口吃著。

可以嗎？合約內容。

大家一起加油！把面膜品牌做起來，一起賺錢。

謝謝陸董，琳達說著，大家一起敬陸董，共創商機，乾杯……。

面膜已在台北生產，下週六會出貨來夏威夷，由我負責跟進，貨會送來這，娜娜說著。

琳達負責與德國設計師對接，盯裝潢進度。

琳達說著，對，我來負責，已經與設計師麥克公司簽約，會按照我方要求的設計去執行，全部在三十天之內完工，明天可以進駐，開始施工，門口會放大型人魚，是 Marllie 造型的大隻玩偶，會成為美人膜面膜店的地

標，一定會吸引來自世界各地的人來此拍照上傳 IG、FB，為店裡宣傳。

　　真期待，是我的肖像大型玩偶。

　　一定會把 Marllie 弄得非常漂亮的。

　　那就麻煩娜娜姐了。

　　開幕的第一天，Marllie 妳要來當一日店長。

　　我必須來，不只一天啦，最少也要當三十天的店長，哈哈！

　　妳天天來好了，妳也是店裡的老闆，妳在店裡，粉絲們都會來店裡買面膜的，還會索取簽名⋯⋯。

　　一早，Marllie 開著大台吉普車，車頂上架著兩塊衝浪板來找娜娜。

　　出發⋯⋯

到了海灘，找到合適的衝浪地點。

就這，倆人脫下短褲，穿著最新款的比基尼。

這一塊衝浪板給妳，娜姐。

我教妳衝浪板的技巧，先在海灘上學，學會後再下海。先在岸邊水淺的地方先學站立，學衝浪沒別的，堅持下去，不要怕吃到水，很快妳就會了。現場粉絲認出了名模 Marllie，都跑來要求合照及簽名，人越來越多，把 Marllie 都淹沒了，娜娜趕快跑來充當助理把 Marllie 帶走，一人拿著一塊衝浪板，離開現場。如果只是在水上學站立，那來家裡游泳池先學好了，Marllie 回我家游泳池，先學在水中站起來，可以喔！妳家游泳池夠大。

志祥今天不在家，跑去打高爾夫球一日遊，晚上才會回來，倆人穿著比基尼，娜娜站在衝浪板上，Marllie 教著……。

倆人玩了一天。

娜娜盯著進度，面膜到達夏威夷的時間……

家裡一樓擺滿了面膜，志祥，面膜到了。

正在威基基海灘跑步的志祥，一路開心的跑回家，總算到了，娜娜，妳看了沒？

還沒呢！等你來打開。

志祥用著洪荒之力打開了紙箱，拿出了一盒面膜，打開看著包裝上的面膜，娜娜看一下，如何？

可以，有按照我要的去做，第一波先銷售這一款，與店標人魚是一樣的。

開幕的前三天要做店頭宣傳，買一盒送一盒，來店打卡送試用面膜三片，著人魚裝來店打卡送一盒。

志祥，我們要開始徵店員了，這我請琳達姐負責去

招人來面試，店在兩週後必須裝潢完畢，琳達姐人現在正在現場監工著。

娜娜打開一包面膜試用著，貼在臉上。

志祥看著外盒包裝，下一波用粉紅色的外盒。

店員一律上班穿著比基尼，先製造話題。

男生也可以來店裡購買，會員區就只限女生才能入內。

下次會出櫻桃口味的。

開幕期間，消費滿參佰元美金送抽獎券。

抽賓士車十台，辦促銷活動。

三個月的行銷活動，這筆廣告錢應該花。

志祥，你覺得呢？送十台賓士車，大手筆。

新店剛開始，必須做行銷，這個活動，我看行。

就送十台新款賓士。

這一天，娜娜把琳達姐、瑪麗姐、Marllie 都找來，大家現場試用著面膜……。

我用的感覺非常好，我常用的是韓國的面膜，以後都要改用自己代言的面膜……。

當然要用美人膜，代言人一定要負責任的用自家面膜，粉絲們看 Marllie 都在用這一款，不就大家一窩鋒的跑去店裡買，對，粉絲效應很重要，Marllie 當店長再來用直播推廣宣傳……。

這是今天店裡的裝潢進度，大家看一下，琳達拿著手機上的影片，大家看著……。

麥克下週日可以全部完成設計。

下午五點可以驗收。

娜娜，妳說的招女店員的事，這裡已有一百多份求職資料，這都給妳，妳看一下，看需要幾位女店員，我

再來聯絡對方上班。

謝謝琳達姐。

到了開幕的這一天……

現場店門口果然吸引了非常多的人來此打卡拍照，人魚地標，果然成了眼球的焦點。

琳達找來公關活動公司執行現場活動。

主持人邀請團隊上台，請創辦人陸董、創辦人娜娜以及董事琳達、瑪麗和 Marllie 上舞台。

許多人上傳了活動訊息，越來越多人跑來現場，就是要看 Marllie 本人。

陸董發表演說，說著美人膜的誕生是由另一位創辦人娜娜策劃的，並加入其他三位董事，相信公司一定會成功。

阿囉哈！娜娜

主持人宣佈三、二、一，大家剪彩……，現場歡聲雷動，真熱鬧，電視台、新聞台、社群媒體也來現場報導。

娜娜拿著麥克風大聲說：十台賓士抽獎活動正式開始，所有在現場的人全部跑去買面膜，店裡比基尼店員忙著結帳，今天生意特別好，Marllie、琳達、瑪麗正接受電視台採訪。

志祥握著娜娜的手，倆人相互看著……

我們成功了，娜娜我要妳從現在開始到以後，都要在我身邊，我們一起打拚事業，一起過日子。

好，沒問題，志祥，我會一直陪在你身邊的。

娜娜姐，電視台要採訪兩位創辦人，志祥，今年我們一定會大好……。

（待續）

大好文學 6

阿囉哈！娜娜

作　　　者｜高小敏
出　　　版｜大好文化企業社
榮譽發行人｜胡邦崐
發行人暨總編輯｜胡芳芳
總 經 理｜張榮偉
主　　　編｜古立綺
編　　　輯｜方雪雯
封面設計｜陳文德
美術主編｜楊麗莎
行銷統籌｜胡蓉威、張小春
客戶服務｜張凱特、張宏達
通訊地址｜11157臺北市士林區礦溪街88巷5號三樓
讀者服務信箱｜fonda168@gmail.com
讀者服務電話｜02-28380220、0922309149
讀者訂購傳真｜02-28380220
郵政劃撥｜帳號：50371148　戶名：大好文化企業社
版面編排｜唯翔工作室 (02)2312-2451
法律顧問｜芃福法律事務所　魯惠良律師
印　　　刷｜鴻霖印刷傳媒股份有限公司　0800-521-885
總 經 銷｜大和書報圖書股份有限公司 (02)-8990-2588

ISBN　978-986-97257-5-0（平裝）
出版日期｜2019年4月8日初版
定　　　價｜新台幣340元

國家圖書館出版品預行編目資料

阿囉哈！娜娜 / 高小敏著. -- 初版. -- 臺北市：大好
文化企業, 2019.04
432面；15 × 21公分. --（大好文學；6）

ISBN　978-986-97257-5-0 (平裝)

857.7　　　　　　　　　　　　108003764